Uwe Goeritz

Im Schatten
des Feuerberges

Bibliografische Information der Deutschen Nationalbibliothek:

Die Deutsche Nationalbibliothek verzeichnet diese Publikation in der Deutschen Nationalbibliografie; detaillierte bibliografische Daten sind im Internet über http://dnb.dnb.de abrufbar.

© 2019 Uwe Goeritz

Coverbilder: DarkWorkX und Sarah Richter auf Pixabay

Covergestaltung: Uwe Goeritz

Herstellung und Verlag: BoD – Books on Demand, Norderstedt

ISBN: 978-3-7481-3800-6

Inhaltsverzeichnis

Im Schatten des Feuerberges

Im Herbst des Jahres 79 brach überraschend, nach hunderten Jahren trügerischer Ruhe, der Vesuv aus. Unter seinen Aschewolken begrub er die Städte Pompeji, Herculaneum sowie einige Dörfer. Bei diesem Ausbruch tötete der Vulkan bis zu 5.000 Bewohner in dieser Gegend. Wer waren diese Menschen? Wie lebten, liebten und dachten sie? Was waren ihre Träume und Hoffnungen?

Diese Geschichte versucht einen kleinen Einblick in den Alltag der Menschen im römischen Reich und rund um den Vulkan zu vermitteln.

Die handelnden Figuren sind zu großen Teilen frei erfunden, aber die historischen Bezüge sind durch archäologische Ausgrabungen, Dokumente, Sagen und Überlieferungen belegt.

Eine Säule aus Feuer

Der Mann stand an das Geländer der Treppe gelehnt und schaute zu der leuchtenden Säule aus Asche und Glut, die schon seit Stunden über dem Vulkan stand. Es war Mitten in der Nacht, aber die Sonne war nach dem Beginn des Ausbruchs sowieso nicht mehr zu sehen gewesen. Blitze zuckten um den Vulkan herum und beleuchteten die verlassene Stadt. Er hatte mit einer Hand den Griff des Schwertes umklammert und hielt eine Fackel in der anderen Hand.

Von hinten rief jemand „Tiberius", er drehte sich um und sah nach unten. Ein Mann stand am unteren Ende der Treppe, direkt am Strand. Tiberius sah die Fackel des Mannes, die sein Gesicht nur teilweise beleuchtete. Keine zwanzig Schritte trennten die beiden Männer, eigentlich nur die breite Treppe, die im Winkel zum Stand hinab führte. Vielleicht sollte auch er nach unten gehen und sich zum Schlafen in eines der Bootshäuser legen, wo schon viele Frauen und Kinder schliefen. Der Legionär ging die ersten drei Stufen hinunter, als er vom Vulkan ein donnerndes Geräusch hörte.

Er fuhr herum, blickte nach rechts und sah eine leuchtende Wolke aus Staub auf sich zu rasen. „Verschwinde in die Gewölbe", rief er dem anderen Mann zu und hetzte die Treppe hinab. Doch die Wolke war schneller als er. Mitten auf der unteren Treppe, nur wenige Schritte vor dem Strand, traf sie ihn, hob ihn an und schleuderte ihn in den Sand hinunter. Die Wolke war sehr heiß und hatte den Mann bereits getötet, bevor sie ihn richtig erreicht hatte. In Bruchteilen eines Augenblicks erstarb jedes Leben am Strand. Die Asche der Wolke legte sich wie ein Leichentuch über die verbrannten Knochen der Menschen, die gerade eben noch auf Rettung gehofft hatten.

1. Kapitel

Am Rande des Waldes

Etwa elf Jahre zuvor, irgendwo an der römisch-germanischen Grenze. Der Legionär schaute von seinem Turm auf das Tor herunter, dass von einem Kastell geschützt wurde. Wie jeden Tag zog eine endlose Kolonne von Wagen die Straße entlang. Beladen in jede der beiden Richtungen. Mit Fellen in das Kastell und danach mit den eingetauschten römischen Waren wieder hinaus in das germanische Gebiet dort draußen. Er sah die Kameraden, die unter ihm die Wagen kontrollierten und die Abgaben einzogen. In ein paar Stunden würde er auch wieder dort stehen und die anderen Männer hier oben. So ging das schon fünf Jahre und er hasste dieses furchtbare Wetter hier.

Das ganze Jahr gab es nur Regen und Nebel. Selbst im Sommer war das hier so. Die Feuchte in der Luft ließ die Rüstung schneller rosten, als er sie wieder abreiben konnte. Er ließ seinen Blick über die Wälder auf der anderen Seite der Holzpalisade wandern und umklammerte dabei instinktiv den Griff des Schwertes an seiner Seite. Es war sein wertvollster Besitz und mehr als einmal hatte es sein Leben gerettet. Dieser dichte Wald im Markomannengebiet machte ihm Angst, aber er durfte das nicht zeigen. Dafür war er schon zu lange in der Legion. Seit zehn Jahren diente er nun schon und davon viel zu viele Jahre hier auf diesem Turm.

Ein Geräusch auf der Leiter hinter ihm kündigte den Wachwechsel an. „Tiberius, dein Essen wird kalt!", rief einer von unten und als sich der Mann umdrehte, erkannte er seinen Freund direkt hinter sich, der gerade auf die Plattform des Turmes stieg. „Ave Carolus. Wieder mal nichts los", sagte er und drückte seinen Speer dem Freund in die Hand. „Den Göttern sein Dank", entgegnete Carolus und nahm den

Platz an der Palisade ein. Er schaute auf das Land, konnte aber nichts Verdächtiges sehen. Er stammte selbst aus dem Land, dass die Römer Germania magna nannten, und das sich hinter dem Wald befand, aber sein Stamm war viel weiter westlich.

Nur sein helleres Haar unterschied ihn von seinem südländischen Freund. Aber er war das Wetter hier gewohnt und war eher froh, dass er nicht in Ägypten Dienst tun musste. In ihrer Kohorte gab es Menschen aus allen Teilen des römischen Reiches. Alle verstanden sie sich gut miteinander, das mussten sie auch, denn sie mussten sich im Kampf aufeinander verlassen können. Der Zusammenhalt der Einheit bestimmte über ihr Leben oder ihren Tod. Tiberius kletterte hinunter und setzte sich an den Kessel mit der heißen Bohnensuppe.

Bei diesem Wetter kam die gerade richtig. Er schöpfte eine Kelle in seine Schüssel und brach sich ein Stück Brot ab. „Immer dieser Regen", dachte er missmutig und träumte von seiner Heimat, weit im Süden. Pompeji war seine Geburtsstadt und nun das hier! Ein Nichts mitten im Wald. Ein paar Zelte und Holzhütten. Nur die Therme und das Fahnenheiligtum waren aus Stein. Alles hier war nicht mit der prächtigen Stadt seiner Jugend zu vergleichen. Seit mehr als zehn Jahren diente er ja nun schon in der Legion und seitdem war er auch nicht mehr dort gewesen. Wehmütig dachte er an das blaue, warme Meer und die weißen Häuser.

Alles Geld, das er erhielt, sparte er dafür, dass er später mal eine kleine Wirtschaft dort kaufen konnte. Aber bis dahin würde es noch viele Jahre dauern. Dann wäre er ein ehrbarer Bürger Roms und nicht mehr der arme Junge, der damals vor dem Hunger in die Legion geflüchtet war. Satt war er nun jeden Tag geworden, aber das Leben hatte er sich anders vorgestellt. Hätte er nicht auch in Afrika oder im

Süden Galliens Dienst tun können? Die anderen schwärmten immer von diesen Ländern und er saß hier im Wald.

Sorgfältig säuberte er die Schüssel, packte sie weg und griff sich den großen Schild, welcher unten an den Turm gelehnt auf ihn gewartet hatte. Mit einem geübten Griff zog er sich die Rüstung zurecht und begab sich zum Tor. Nun würde er ein paar Stunden dort stehen, bevor er am Abend in die Therme gehen konnte. Da drin war es wenigstens warm. Wenn er schon mal eine der Münzen ausgab, dann für den Aufenthalt in der Therme und mitunter auch für eine der Frauen, die dort ihre Dienste anboten. Ein lächelnder Zug schlich sich um seinen Mund, bevor er wieder durch die Regentropfen aus seinen Träumen gerissen wurde. Jetzt war erst mal Dienst angesagt und der brauchte seine ganze Aufmerksamkeit.

Am Tor angekommen zog er sich den klammen Umhang um die Schultern und stoppte den ersten Wagen. Immer die gleichen Kontrollen und die lange eingeübten Griffe. Auf seine Menschenkenntnis konnte er sich verlassen. Es sah es in den Augen der Menschen, ob sie etwas zu verbergen hatten. In dem Wagen waren aber nur Felle. Er kassierte die Steuer ein und übergab sie an den Beamten, der hinter ihm alles sorgfältig in den Büchern vermerkte. Ordnung musste sein! Jeder Wagen wieder eine neue Abgabe für Rom.

Ein Signalton vom Turm riss Tiberius aus seiner Tätigkeit. Er zog sein Schwert und wendete sich zurück zum Tor, denn das Signal zum Schließen des Tores wurde Tagsüber niemals ohne Not gegeben! Zusammen mit den anderen Legionären eilte er die Straße entlang und machte sich dabei den Weg von den Menschen mit Gewalt frei. Er schlug rechts und links mit dem Griff des Schwertes und dem Schild zu, wen er dabei traf, das war ihm egal. Da nahm er keinerlei Rücksicht. Alle, die jetzt noch draußen waren, die musste sehen, wie sie nun überlebten.

Es waren nur ein dutzend Schritte gewesen, bis Tiberius den Torflügel zuschob. Die andere Seite brauchte ein paar Augenblicke länger. Innerlich fluchte er über die Nachlässigkeit seiner Kameraden, doch dann schwang auch die andere Seite langsam zu. Von außen versuchten zwei Männer noch hindurch zu gelangen, wurden aber von Tiberius zurückgestoßen.

Endlich verschlossen sie das Tor und legten den dicken Balken als Riegel vor. Wenig später kletterte er auf den Turm zu dem Scorpio genannten Pfeilgeschütz, das Carolus gerade in Richtung Wald schwenkte. Die anderen Legionäre aus dem Lager besetzten ebenfalls die Wälle ringsum. Tiberius nahm einen der Pfeile, die an der hinteren Palisadenwand lagen und brachte ihn nach vorn. Zusammen mit Carolus spannten er mit dem Seilzug die Waffe, legten den Pfeil ein und beobachtete den Waldrand.

2. Kapitel

Angegriffen

Das Weinen eines Kindes durchbrach die Stille. Fünf Ochsenkarren hatten es nicht mehr durch das Tor geschafft und standen nun, unmittelbar davor, unterhalb des Turmes auf dem Weg. Die beiden Legionäre hatten dafür aber keinen Blick, die Augen auf den Waldrand gerichtet, folgte der Pfeil, der in dem Pfeilgeschütz eingelegt war, ihrem Blick. Die Hand am Auslöser starrte Tiberius mit zusammengekniffenen Augen zu den Bäumen hinüber. War da eine Bewegung zwischen den Stämmen gewesen? Seine Hand zuckte und mit einem Surren flog der Pfeil los. Dieser traf den ersten feindlichen Reiter mitten in die Brust. Über die Entfernung hörten sie keinen Laut, sie sahen nur, wie er nach hinten vom Pferd kippte.

Weitere Reiter verließen den Wald und griffen an, aber eigentlich hatte der Angriff nun schon gar keine Aussicht mehr auf Erfolg. Da das Tor schon zu war, konnten die fremden Reiter eigentlich nur noch verlieren. Jetzt, da die Besatzung des Kastells alarmiert war, war ein Durchbruch vollkommen ausgeschlossen. Mit der geringen Menge an Reitern zumindest. Es mochten nur etwa fünfzig sein, die aus dem Waldrand hervorkamen.

Seltsam war schon, dass sie überhaupt Pferde hatten. Normalerweise griffen die Markomannen zu Fuß an. Diese hier mussten aber irgendwo Pferde erbeutet haben. Umso wichtiger war es auch, diesen Angriff abzuwehren, um kein Beispiel für andere zu erlauben. Pfeil um Pfeil flog den Reitern entgegen und fast jeder davon fand sein Ziel. Diese Pfeilgeschütze waren mächtige Waffen und konnten die Daumendicken Geschosse über große Entfernung zielsicher abschießen. Auf der römischen Seite standen nun schon Pferde mit scharrende Hufen vor dem Tor und die darauf sitzenden Reiter konnten es kaum erwarten, dass sich das Tor vor ihnen öffnete. Es waren germanische Hilfstruppen der Legion, das konnte man aber nicht sehen, da sie die typischen goldglänzenden Masken trugen. Keiner sollte in einem Kampf ihre Emotionen sehen.

Das Tor schwang auf und die Reiter stürmten mit gezogenem Schwert nach draußen. Sie ritten durch die dort wartenden Menschen hindurch und verfolgten die feindlichen Reiter. Einige Karren fielen unten um, einer davon stürzte sogar in den Graben, der das Kastell umgab, und die Menschen auf dem Weg unterhalb des Turmes schrien. Die beiden Reiterabteilungen prallten auf dem Weg aufeinander. Der Lärm des Kampfes brandete zum Turm herauf. Ab jetzt mussten die beiden Legionäre untätig von oben zusehen, doch die römische Reiterei siegte schnell und verfolgte schon bald die letzten fliehenden Markomannen.

Noch eine Weile waren sie am Pfeilgeschütz geblieben, doch nun war kein Feind mehr zu sehen. Daher gab ein Signal für das Kastell Entwarnung. Tiberius ließ die Waffe aber vorsichtshalber gespannt. Man konnte ja nie wissen. Noch immer schrien einige Menschen vom Weg zu ihnen herauf.

Schließlich stieg Carolus hinab und ging zum Platz vor dem Tor. Mit einigen anderen Legionären brachte er die umgestürzten Wagen wieder auf den Weg. Es war schwierig, den einen Wagen wieder aus dem Garben zu bekommen, doch mit vereinten Kräften gelang es ihnen schließlich. Unter einem anderen Wagen war eine junge Frau eingeklemmt. Sie war etwa sechzehn Jahre alt. Der Wagen war ihr auf die Beine gestürzt und hatte ihr dabei beide Unterschenkel gebrochen. Mit zwei Stöcken schiente er ihr die Beine und dann trug Carolus sie auf seinen Armen zu einem Medicus in das Lager hinein.

Durch den Kampf der Reiter waren fünf der Männer, die bei den Wagen geblieben waren, ums Leben gekommen. Drei weitere Menschen waren verletzt worden, darunter auch die junge Frau, um die sich der Medicus nun kümmerte.

Als Carolus wenig später wieder auf dem Turm stand, fragte er seinen Freund „Warum hast du uns nicht geholfen?" „Die stehen erst unter unserem Schutz, wenn sie hinter der Mauer sind. Davor müssen sie sich selbst kümmern", antwortete Tiberius. Carolus nickte, er kannte die Auffassung vieler Legionäre, aber so richtig konnte er sich auch nach all der Zeit nicht damit anfreunden. Vielleicht war er immer noch viel zu sehr ein Mensch der Provinz Germanien, als ein Bürger Roms. Die Ablösung kam gerade den Turm herauf und die beiden Freunde stiegen hinab. „Kommst du mit in die Schänke?", fragte Carolus, aber Tiberius schüttelte seinen Kopf. Carolus kannte seinen Freund von den zehn Jahren des Zusammenlebens aber zu gut. „Komm schon. Ich gebe einen aus", sagte er und zog seinen Beutel. Der Sold war gerade ausgezahlt worden.

Eigentlich wollte Tiberius zur Therme, doch auch die warme Schänke konnte da ja helfen. Als sie aus ihrem Holzhaus kamen, kehrten gerade die römischen Reiter zurück. Auch bei denen hatte Carolus einen Freund und daher suchte er ihn, doch durch die Masken sahen ja alle gleich aus, schließlich gab er das Suchen auf und ging mit seinem Freund den Weg entlang in die Schänke, um dort auf ihn zu warten. In der aus Holzbalken zusammengebauten Hütte saßen sie schließlich beim Wein und unterhielten sich. Das Feuer wärmte sie ordentlich durch und während Tiberius den leichten Wein der Römer trank, bevorzugte Carolus das etwas stärkere Bier.

Schließlich kamen sie auf den Sold zu sprechen. „Ich spare meinen Sold für später", begann Tiberius und zeigte den prall gefüllten

Beutel. „Hast du da keine Angst, wenn du so viele Münzen mit dir herumträgst?", fragte Carolus und sein Freund antwortete „Ich vertraue meinem Schwert." Die Tür der Schänke öffnete sich und ein paar Männer kamen herein. Carolus erkannte seinen Freund Aldarich und winkte ihn zu sich. Die beiden stießen mit ein paar Krügen Bier an und der Reiter begann zu erzählen „Wir haben sie alle erwischt. Zum Glück wollten sie ihre Pferde nicht im Stich lassen und so konnten wir sie gut verfolgen. Wenn sie zu Fuß geflüchtet wären, so hättet ihr sie fangen müssen."

Bei dem Gedanken an den finsteren Wald erschauderte Tiberius. Da wollte er nie wieder hin. Im letzten Jahr hatten sie ein paar Männer verfolgen müssen und waren dabei in einen Hinterhalt geraten. Nur mit Mühe hatten er und Carolus überlebt. Im Wald zu kämpfen war nicht so nach ihrem Geschmack. Zu unübersichtlich war dort die Gegend. Schließlich ließ sich auch Tiberius dazu verleiten, den anderen beiden einen Krug Bier auszugeben. Als er den prall gefüllten Beutel öffnete, purzelte eine der goldenen Aureus Münzen heraus und fiel auf den Tisch. Schnell verstaute er die wertvolle Münze wieder. Solch einen Schatz hatte hier außer ihm sicher keiner. Sie entsprach dem Sold eines viertel Jahres und in seinem Beutel sah man noch mehr davon glänzen. „Vielleicht war es doch keine so gute Idee, ständig solch einen Schatz mit sich herumzutragen", dachte sich Tiberius, bevor er den Beutel wieder gut verwahrte.

3. Kapitel

Freunde?

Carolus fühlte sich irgendwie zu der jungen Frau hingezogen und so besuchte er sie schon am nächsten Morgen. Der Medicus hatte ihm gesagt, dass es sicher mehrere Wochen dauern würde, bis sie wieder laufen konnte. Der Legionär setzte sich an ihre Liege und versuchte mit ihr zu sprechen. Da sie aber einen ihm fremden Akzent hatte, war es doch etwas schwerer. Schließlich versuchten sie beide mehr oder weniger mit Händen und Füßen sich zu verständigen. Ihren Namen hatte er schon einmal verstanden. Sie hieß Borghilde und wenn er sie richtig verstanden hatte, so kam sie vom Ufer eines Meeres, welches sich weit im Norden befand.

Vater und Bruder waren bei dem Angriff am Vortag ums Leben gekommen und nun war sie praktisch ganz alleine auf der Welt. Carolus ließ ihr ein paar Münzen da und versprach ihr, wiederzukommen. Was er dann auch so oft tat, wie er dafür Zeit hatte.

In der Zwischenzeit machte sich Tiberius dann doch Gedanken um seinen Sold. War es wirklich klug, immer alle Münzen mit sich herumzutragen? Es war eine ganz schöne Summe zusammen gekommen und diese konnte natürlich auch Begehrlichkeiten bei den anderen Legionären wecken. So weit wollte er es aber dann doch nicht kommen lassen und schließlich überlegte er, wie er die Münzen wohl gewinnbringend anlegen konnte. Dabei kam er zu der Überlegung, dass es wohl eine Art von göttlicher Fügung sein müsse, als ihr Centurio Quintus ihm eines Tages mitteilte, dass seine Dienstzeit zu Ende war und er wieder nach Pompeji gehen würde. Dort würde er das Geschäft seines Vaters übernehmen, der sich danach zur Ruhe setzen würde.

Ohne groß darüber nachzudenken, bat Tiberius ihn, das Geld der letzten zehn Jahre für ihn zu verwalten, bis er später einmal nach Pompeji zurückkehren würde. Auch sein weiterer Sold würde, auf seine Anweisung, zum großen Teil an Quintus gehen. Beide Männer bekräftigten ihr Vorhaben mit einem Handschlag und ließen sich den Handel vom Kommandanten des Kastells beglaubigen. So wechselte eine prall gefüllte Börse den Besitzer und Tiberius versprach sich davon einen gewissen Vorteil, wenn er dann in zehn Jahren aus der Legion ausscheiden würde. Oft hatten sie beide Seite an Seite in der Schlacht gestanden und daher hatte er eigentlich zu Quintus Vertrauen, dennoch hatte er sich den Handel beglaubigen lassen. Konnte er denn dem anderen Mann vertrauen? Solange er das Geld an seinem Gürtel gehabt hatte, hatte er es mit seinem Schwert verteidigen können, doch nun hatte er nur das Ehrenwort des anderen Mannes als Sicherheit. War es klug gewesen, seinen ganzen Besitz dem Anderen anzuvertrauen? Waren sie wirklich Freunde?

Doch all diese Überlegungen waren nun müßig geworden. Schon wenige Tage später war Quintus abgereist und Tiberius konnte nur auf die Ehrlichkeit des Mannes vertrauen.

Mit der Zeit war auch die Verbindung zwischen Carolus und Borghilde immer tiefer geworden. Das führte dazu, dass sich Carolus nun in jeder freien Minute bei der Frau befand und kaum noch Zeit für seine beiden Freunde hatte, was Tiberius nicht wirklich gern sah. Schließlich sicherte die Freundschaft zwischen ihnen das Überleben im Kampf. Aber konnte er Carolus vor eine Wahl stellen? Wie würde der Freund darauf reagieren?

Würde das die Freundschaft zwischen den beiden Männern nicht erst richtig gefährden? Tiberius hoffte darauf, dass die Frau, wenn sie dann irgendwann mal wieder gesund sein würde, dann sicher weiter ziehen würde.

Unbemerkt von ihm vollzog sich aber eine Änderung in dem Verhalten von Carolus zu der Frau. Nachdem sie wieder einigermaßen laufen konnte, ließen die beiden ihre Verbindung vom Kommandanten beglaubigen. Damit waren sie nun Mann und Frau, was aber für sie beide nicht viel änderte. Als Legionär musste Carolus weiter in der Hütte wohnen, nur den Offizieren waren eigene Häuser gestattet, und Borghilde lebte zusammen mit anderen Frauen von Legionären in einer Hütte am anderen Ende des Lagers.

Das war für die Beziehung der beiden frisch verbundenen Menschen kein wirklich glücklicher Zustand. Praktisch konnten sie sich damit nur an öffentlichen Plätzen treffen. Meist waren sie in der Therme, was auch den Beinen von Borghilde guttat. Im Wasser konnte sie leichter gehen, denn an manchen Tagen taten ihr die Beine noch sehr weh, aber das würde sich bestimmt mit der Zeit geben. Ab und zu überließ ihnen, für ein paar Kupfermünzen, eine der Dirnen ihr Zimmer hinter der Therme, wodurch die beiden Eheleute sich dort näher kommen konnten.

Durch den Weggang von Quintus war die Stelle des Centurio frei geworden. Tiberius und Carolus waren die beiden ältesten Legionäre und daher sollte die Entscheidung zwischen den beiden fallen. Ihr vorgesetzter Offizier ließ sich aber sehr viel Zeit mit der Entscheidung. Schließlich fiel die Wahl auf Carolus, was diesen, und vor allem seine Frau, freute, aber natürlich bei Tiberius nicht ganz so gut ankam. Doch er musste sich der Entscheidung beugen. Dadurch wurde die Freundschaft der beiden Männer natürlich auf eine erneute Probe gestellt.

Kaum hatten Carolus und Borghilde ihr kleines Haus bezogen, da zeichnete sich aber auch schon ab, dass sie es wohl nicht lange bewohnen würden. Aldarich brachte als Melder die Kunde davon, dass weit im Westen die Bataver einen Aufstand gegen Rom begonnen hatten. Das würde sich der römische Kaiser nicht gefallen lassen. Aus allen Teilen des Reiches wurden Legionen in Marsch gesetzt, um den Aufstand niederzuschlagen. Aus Hispanien, Gallien und Britannien zogen Legionäre durch das Land und auch die Hälfte der Männer aus ihrem Lager musste sich bereit machen, den Danubis entlang bis zum Rhenus zu ziehen, um von dort dann in Richtung Norden zu marschieren. Auch die Kohorte unter der Leitung von Carolus sollte an den Kampfhandlugen teilnehmen.

Schließlich wurde es ihre Aufgabe, eine Brücke zu sichern und damit nahmen sie nicht direkt an den Kampfhandlungen teil. Nur die Reiterei wurde weiter nach Norden verlegt. Im Tross hatten auch die Frauen und Kinder die Männer begleitet und so blieben auch Carolus und Borghilde zusammen. Dass sie dort so untätig ausharren mussten, das gefiel natürlich den wenigsten der Legionäre. Vom Herbst an bis sicher weit in das nächste Jahr hinein und damit auch noch in der unwirtlichsten Jahreszeit in diesem Land, würden sie an dem Fluss in Zelten leben. Lieber wäre es ihnen natürlich gewesen, etwas zu tun. Aber die Frauen waren mit der Situation mehr als zufrieden, so riskierten die Männer wenigstens nicht ihr Leben und da konnte man schon mal auf die Annehmlichkeiten der Therme verzichten.

4. Kapitel

Das Los der Frauen

Borghilde war zwar schon oft mit ihrem Vater auf römischem Gebiet gewesen, doch nun erst sah sie, wie es hier wirklich war. Sie erkannte, dass die Frauen hier fast keine Rechte hatte. So etwas war sie nicht gewohnt gewesen. Bei ihrem Stamm waren Frauen und Männer gleich und so hatte sie ihr Vater auch erzogen. Sie hatte gesehen, wie wichtig die Frauen waren und nun das hier. Zwar verhielt sich ihr Mann ihr gegenüber fast normal, das war aber auch kein Wunder, da auch er aus den Reihen der germanischen Stämme kam und damit auch in der Tradition dieser Männer lebte, auch wenn er nun schon zehn Jahre in der Legion diente. Schon immer hatte man ihr beigebracht, wie wichtig die Ehre der Frauen war. Ihr Stolz begründete sich darauf und in ihrer Heimat waren sie den Männern als Kameradinnen an die Seite gestellt.

Nur einmal hatte sie, damals noch als kleines Mädchen, gesehen, wie eine entehrte Frau durch das Dorf getrieben worden war. Mit abgeschnittenen Haaren und nackt hatte ihr Mann sie damals aus dem Dorf in den Wald gejagt. Alle Frauen hatten sich von ihr abgewandt. Sie wusste nicht, was die Frau gemacht hatte, doch das Ganze war auch nur einmal im Dorf passiert. Schon der Ausschluss aus der Gemeinschaft war eine schwere Strafe und alleine im Wald zu sein, das bedeutete eigentlich auch, den Widrigkeiten der Natur schutzlos ausgeliefert zu sein. Fernab der Gemeinschaft zu leben war die schlimmste Strafe für einen freien Germanen und natürlich genauso für die Frauen der freien Stämme. Doch das alles lag nun weit hinter ihr.

Oft dachte sie an das Leben weit im Norden zurück. An die Kindheit in der elterlichen Hütte, in der sie zusammen mit den Tieren leben musste. In dem großen Langhaus lebte sie mit der ganzen Verwandtschaft. Doch nun war sie praktisch allein auf der Welt. Sie hatte nur noch ihren Mann. Vater und Bruder waren vor dem Kastell umgekommen und der Rest ihrer Familie war schon vor Jahren bei der Auseinandersetzung zwischen zwei Stämmen gestorben. Dabei war damals auch ihre Mutter getötete worden. Noch oft dachte sie an die stolze Frau zurück, die mit dem Beil in der Hand den Feinden entgegengetreten war, nur um Borghilde zu beschützen.

Hier in diesem Zeltlager an der Brücke lebte sie mit den anderen Frauen zusammen und sah, wie diese lebten und das sie ihren Männern vollkommen ausgeliefert waren. Die römischen Männer hatten alles zu bestimmen, die Frauen wurden nicht gefragt. Aber die meisten nahmen ihr Schicksal klaglos hin. Nur einige wenige, meist germanische, Frauen versuchten sich dagegen aufzulehnen. Doch meist war es unnütz, mitunter sogar gefährlich. Auf Widerstand gegen den Mann konnte die Todesstrafe stehen! Auch die Kinder hatten nichts zu sagen, es war sogar so, dass die Kinder ausgesetzt werden mussten, wenn sie aus irgendeinem Grund den Männern nicht gefielen.

Die junge Frau sah das nun aus nächster Nähe und konnte doch nichts am Los der Frauen in ihrer Umgebung ändern. An manchen Tagen warf sie wütend den blonden Zopf nach hinten, bevor sie das Zelt verließ. Nicht nur, dass die Frauen hier rechtlos waren, sie waren auch noch praktisch Freiwild für die Männer, die ihnen auch noch nachstellten. Hier im Lager, wo die Männer sich praktisch nur noch langweilten, wurde es irgendwann im Winter besonders schlimm. Waren die Männer früher im Kastell wenigstens zu den Dirnen gegangen, so gab es diese hier nicht. Übergriffe waren damit fast alltäglich geworden und die Frauen trauten sich meist nur gemeinsam und in kleinen Gruppen auf den Weg zum Fluss, wenn sie Wasser holen mussten.

Das war nun gar nicht ihre Vorstellung von der „Zivilisation" gewesen. Die Römer nannten die Germanen Barbaren, aber in ihrem Verhalten den Frauen gegenüber, da waren eigentlich die Römer die Barbaren. Nur die Frauen der Vorgesetzten genossen einen gewissen Schutz, aber eigentlich auch nur, weil die Männer Angst vor der Rache der Vorgesetzten hatten und nicht aus Respekt den Frauen gegenüber. Borghilde dachte dabei oft, dass es falsch gewesen war, mit den Männern mitzugehen, doch für den Rückweg war es nun ja zu spät. Alleine wäre sie nie wieder zurück in das Lager gekommen und dort wäre es sicher genauso wie hier, wenn nicht sogar noch schlimmer, weil ja Carolus sie hier beschützen konnte.

Schließlich kam es mitten im Winter so weit, dass einer der Legionäre versucht sich an ihr zu vergehen. Nur mit Not konnte sie sich des Übergriffes erwehren. Daher sah sich Carolus genötigt, ein Machtwort zu sprechen und die Frauen unter seinen persönlichen Schutz zu stellen, was ihm natürlich von der Seite der Männer aus nicht wirklich viel Sympathie einbrachte. Wie konnte ein Mann sich nur vor die Frauen stellen?

Auch von seinem Freund Tiberius wurde er angegriffen. Als Römer konnte er einfach nicht begreifen, wie sich jemand um eine Frau Gedanken machen konnte. In Tiberius Augen war eine Frau eben einfach nichts Wert und so dachten die meisten der Legionäre.

Für manche war eine Frau einfach nur ein Ding, eine Sache oder ein Besitz. Rechtlos wie ein Sklave und noch nicht mal so viel Wert wie ein solcher. Letztendlich blieb Carolus nur übrig, die zwanzig Frauen mit Legionären schützen zu lassen und das nicht vor dem Feind, sondern vor den eigenen Kameraden. Borghilde sorgte dafür, dass die Frauen, wo und wann immer es möglich war, zusammen blieben, um besser von den Legionären geschützt zu werden. Damit wurde der Zusammenhalt zwischen den Frauen besser. Für einige der Frauen war es das erste Mal, dass sich jemand für sie einsetzte. Dadurch machte sich die Frau Freundinnen bei den anderen Frauen, aber Feinde bei den Männern, die in ihr eine Aufwieglerin sahen.

Es kam zu kleineren Handgreiflichkeiten bis weit in den Sommer hinein, aber durch den Schutz der Legionäre konnte sich Borghilde einigermaßen sicher sein. Die Langeweile der Legionäre machte die Sache für sie aber eben nicht wirklich einfacher. Hätten sie wirklich eine Aufgabe oder einen Feind, den es zu bekämpfen geben würde, so wäre vieles vielleicht auch anders geblieben. Aber so? Außer Kartenspielen und Dienst an der Brücke passierte nichts. Die Brücke wurde zwar häufig befahren und so gab es bei den Kontrollen wenigstens Abwechslung, aber es passierte eben nicht wirklich etwas Aufregendes für die auf Kampf und Beute brennenden Männer.

5. Kapitel

Zweifel und Entscheidungen

Nach der Niederschlagung des Aufstandes der Bataver im Herbst des Jahres 70, der ja hauptsächlich durch den Ungehorsam der germanischen Hilfstruppen und der Auxiliarreiterei der Bataver ausgelöst worden war, blieb allerdings ein Zweifel an allen „Nichtrömischen" Legionären hängen. Von allen Seiten wurden sie nun Argwöhnisch beobachtet. Da blieb es auch nicht aus, dass Carolus irgendwie in Ungnade fiel, obwohl er sich nichts zuschulden kommen ließ. Und doch wurde nun Tiberius mit der Führung beauftragt. Das zuvor sowieso schon gespannte Verhältnis der beiden Freunde zerbrach vollends und endete damit, dass Carolus um seinen Abschied aus der Legion bitten musste.

Vor die Wahl gestellt, ob er sich nach Norden, zur Stadt Colonia Aggripina, oder doch lieber nach Süden wenden sollte, dachte er an die vielen Erzählungen seines Freundes Tiberius von der Pracht der Stadt Pompeji. Noch wusste er nicht, was er dort machen sollte, doch das würde sich bestimmt ergeben, wenn sie erst mal dort sein würden. Zusammen mit einem Pferd und seiner Frau darauf machte sich Carolus auf den Weg. Der kleine Beutel mit Münzen würde einen Teil der Reisekasse darstellen und vielleicht würde sogar noch ein kleiner Teil davon für den Neuanfang in dem fremden Land übrig bleiben.

Von Tiberius wurde er nicht verabschiedet, zu tief saßen nun die Zweifel des ehemaligen Freundes zu ihm und dass, obwohl sie mehr als zehn Jahre zusammen in einer Hütte gelebt hatten. Borghilde versuchte alles, um ihren Mann über den Verlust des Freundes hinwegzutrösten. Doch so wirklich ging das nicht.

Da sie immer noch nicht richtig gehen konnte, saß sie auf dem Pferd, dass Carolus am Zügel durch das Land führte. Sie folgten der römischen Marschstraße in Richtung Süden und waren schon bald an einem Gebirge angekommen, dass sie nur mit der Hilfe eines einheimischen Führers oder zusammen mit einer Gruppe von Händlern überwinden konnten. Da es aber schon auf den Herbst zuging, beschlossen sie, damit bis zum Frühjahr zu warten.

So hatte auch Borghilde etwas Zeit gewonnen, um sich weiter auszukurieren. Der bisherige Weg hatte sie doch sehr angestrengt. Eines ihrer Beine war nach dem Bruch nicht mehr richtig zusammen gewachsen, wodurch sie immer noch leicht hinkte. In dem Ort, in dem sie den Winter über bleiben wollten, gab es zum Glück auch eine Therme und dort konnte sie ihr Bein von einem Masseur bei jedem Besuch durchkneten lassen. Carolus hingegen nutzte die Zeit des Wartens, um zu überlegen, was er wohl in der fernen Stadt machen wollte. Außer kämpfen hatte er nichts gelernt und das war nun nicht unbedingt das, was er dort machen konnte. Oder doch? In der Stadt jedenfalls half er in einem Geschäft aus. Sein Wissen über die Tierfelle aus dem fernen Land des Nordens half ihm dabei. Auch Borghilde, als Tochter eines Händlers, half gelegentlich in dem Geschäft mit aus.

So blieben ihnen dann doch ein paar Münzen übrig und der Händler bat sie schließlich, einfach länger zu bleiben, worauf die beiden zustimmten. Damit würde sich ihr Aufenthalt zwar etwas verlängern, aber sie konnten sich dadurch auch noch ein kleines finanzielles Polster schaffen. Für Borghilde war es die erste römische Stadt, die sie sah und sie erlebte jeden Tag etwas anderes darin. Die Häuser waren alle aus Stein gebaut und in den Häusern lebten nur Menschen. Aus ihrer Heimat im Norden war sie es gewohnt gewesen, dass Schweine und Kühe mit im Haus wohnten. Das war im Winter sehr praktisch, da die Tiere mit ihrer Körperwärme für die Heizung der Hütte sorgten.

Hier in dieser Stadt, in Sichtweite der Berge, war alles anders. Sie sah kaum ein Tier und wenn dann höchstens einen Hund oder eine Katze. Schweine und Rinder gab es gar nicht. Die lebten außerhalb der Stadt und wurden schon fertig zerlegt von den Bauern der Umgebung täglich auf dem Forum angeboten. Die kleinen Geschäfte lagen in einem langen Gebäude, das mit einem Vordach gegen die Sonne und den Regen abgeschirmt war. Zu seiner Seite standen die Läden allen Besucher des Marktes offen.

In dieser Stadt traf die Frau auch zum ersten Mal bewusst mit Sklaven zusammen. Zwar hatte es diese auch im Kastell gegeben, aber da hatte sie sich keine Gedanken darüber gemacht. Unfreie hatte es auch in ihrer Heimat gegeben, aber eigentlich nur, wenn einer einem anderen etwas schuldete und es nicht zurückzahlen konnte. Oder, wenn es Kriegsgefangene aus einem anderen Stamm waren.

Aber hier wurde mit Menschen auf dem Markt Handel getrieben! In einem abgesperrten Bereich des Forums konnte sie ein jeder kaufen oder auch verkaufen. Ganz wie es ihm beliebte. Oft sah sie die Kolonne der Sklaven draußen vor dem Geschäft vorüberziehen und sie sah die armseligen Gestalten, die dabei mit ihrer letzten Kraft zum Markt gezerrt wurden. Einen guten Preis würden sie sicher nicht mehr erzielen. Ab und zu waren auch starke Männer und junge Frauen dabei, die bestimmt einen guten Platz erhalten würden. Borghilde hatte auch gehört, dass griechische Sklaven gerade groß in Mode waren. Man brauchte sie zum Angeben und wenn man einen belesenen griechischen Philosophen im Haus hatte, so galt man als etwas Besonderes. Zumindest hatte Borghilde das aus einigen Gesprächen, die der Händler mit Kunden führte, aufgeschnappt.

Mit ihrem hinkenden Bein wäre sie auf dem Sklavenmarkt sicher nicht viel wert gewesen, umso mehr freute es sie, dass sie mit ihren

Kenntnissen helfen konnte. Durch die Reisen mit ihrem Vater kannte sie viele Sprachen der nordischen Völker und für die, die sie nicht kannte, konnte Carolus helfen. Mittlerweile sprach sie auch die Sprache der Römer sehr gut, wodurch sie auch als Übersetzerin arbeiten konnte.

Natürlich war sie da als Frau auch vom Händler nicht ganz so wertvoll angesehen, da der Mann ja auch nur ein Römer war, mit all den Ansichten über Frauen, die sich dort über die Jahrhunderte so festgesetzt hatten. Dabei sah sie es in den Augen der Männer, was diese über sie dachten. Nur die germanischen Männer hatten Achtung vor ihrem Wissen und Können, die Römer sahen das selbstverständlich anders. Aber irgendwie fühlte sie sich nun hier heimisch.

6. Kapitel

Rache oder Gnade

ie Kolonne der Männer zog den Waldweg entlang. Tiberius schritt an der Spitze der Legionäre voran, aber so ganz geheuer war ihm der Wald immer noch nicht. Nur konnte er das nun natürlich erst recht nicht mehr zeigen. Er führte die kleine Gruppe durch das Gebiet der Stämme. Der Fluss und die sichere Stadt lagen weit hinter ihm und er würde bestimmt erst im Herbst wieder dorthin zurückkehren können. Für den Sommer hatte die Legion ein Lager weit im „Feindesland" aufgeschlagen. Dies hier war das Gebiet eines der Stämme, die sich mit den Batavern verbündet hatten und nun war es Zeit dafür, die Abgaben einzutreiben.

Schon seit einigen Wochen zogen sie täglich los, suchten sich im Wald anhand der Rauchfahnen ihre Ziele und trieben alles ein, was irgendwie zu gebrauchen war. „Strafe muss sein", dachte er sich und damit war er nicht alleine. Der Tribun hatte einen alten Spruch wieder hervorgeholt und als Losung ausgegeben: „Wehe den besiegten!" und so handelten sie auch. Niemals wieder sollten diese Stämme es wagen, die Hand gegen das mächtige Rom zu erheben! Am Ende war es Tiberius aber auch egal, von wem er die Abgaben eintrieb. Ob von Stämmen, die mit Rom verbündet waren, oder von welchen, die sich gegen sie aufgelehnt hatten. Der Wagen musste voll werden und das war alles, was für ihn zählte.

Vor sich sah der Mann, wie sich der Waldweg zu einer Lichtung erweiterte. Etwa ein Dutzend Hütten standen dort und Tiberius machte ein Zeichen zu seinen Männern, damit diese schnell ausschwärmten. Der lange geübte Formationswechsel klappte gut und er war mit der Arbeit seiner Männer zufrieden. Das übliche Geschrei der Frauen ertönte und auch der eine oder andere Streit, um das, was die Legionäre aus den Hütten schleppten, war zu hören. Daraus entwickelte sich vor einer der Hütten ein Tumult, der zu einem lautstarken Handgemenge wurde.

Noch bevor Tiberius richtig begriffen hatte, was da passierte, lagen zwei seiner Legionäre tot am Boden. Einer der Stammesangehörigen hatte sie mit ein paar gezielten Schwerthieben getötet. Sofort stürzen sich die anderen auf den Mann, aber nun waren praktisch die Legionäre innerhalb des Dorfes und die germanischen Krieger um sie herum. Das konnte schnell gefährlich für die Römer werden.

Auf das Hornsignal, das er veranlasste, erkannten die Legionäre sofort in welche Gefahr sie sich gebracht hatten. Die jahrelange Ausbildung ließ sie schneller reagieren, als die feindlichen Krieger auf ihr Unvorsichtigkeit antworten konnten. Schnell waren sie wieder in der Formation und gingen nun geschlossen gegen die feindlichen Kämpfer vor. Der vereinten Macht konnte der Stamm nichts entgegensetzen und schon wenig später waren die feindlichen Krieger tot und die Frauen und Kinder gefangen. Jetzt lag es in der Entscheidung von Tiberius, ob er für die Gefangenen Gnade walten ließ, oder ob er für die getöteten Legionäre zusätzlich auch noch an den Frauen und Kindern Rache nehmen wollte.

Doch Rücksicht wollte er nicht nehmen! Damit gab es für ihn nur noch die Wahl, in welcher Form die Gefangenen für ihn wertvoll waren. Er konnte sie zu Sklaven machen oder aber auch töten und niemand würde ihn jemals dafür zur Rechenschaft ziehen. Sein Blick ging über die gefangenen Gestalten und er sah die Angst in ihren Augen.

Je länger er jedoch mit der Entscheidung warten würde, desto schwerer würde er dann diese Entscheidung seinen Leuten begründen können. Also legte er fest, dass zwei der ältesten Frauen auszupeitschen seien und alle anderen aneinander zu fesseln waren, um sie in die Sklaverei zu verkaufen. Routiniert gingen die Römer vor. Die Schreie der beiden Frauen waren noch weithin zu hören und alle Kinder mussten dabei zusehen, bevor er sie an den Wagen binden und davon ziehen ließ. Das Dorf ging anschließend in Flammen auf und nur die Toten blieben darin zurück.

Dass er sich damit natürlich keine Freunde unter den Stämmen machen würde, das war ihm klar, aber was interessierten ihn schon diese Barbaren. Und dass er selbst jahrelang mit einem von ihnen zusammen gelebt hatte, das hatte er schon lange verdrängt.

Wie es nun aber zu erwarten war, führte das harte Durchgreifen der römischen Legionäre zu zunehmenden Spannungen zwischen den eigentlich befreundeten Stämmen und den Legionären. Dies bekamen die Männer schon bald verstärkt zu spüren. Sein gnadenloses Vorgehen erzeugte nur Widerstand und Zorn unter den Stämmen und im Wald kannten diese sich viel besser aus, als die Legionäre. Schon bald kam es zu vereinzelten Übergriffen, denen die römischen Truppen nur dadurch entgehen konnten, dass sie die Stärke ihrer Truppen erhöhten. Durch die Masse an Kämpfern gelang es ihnen schließlich, den offenen Widerstand zu brechen, doch der versteckte Zorn blieb und säte damit Unfrieden im Grenzbereich.

Mit einer etwas diplomatischeren Handlung wäre da sicher vieles verhindert worden, doch Diplomatie war noch nie die Stärke von Tiberius gewesen und aus den Truppen hatte man alle germanischen Hilfstruppen in andere Teile des Reiches versetzt, wodurch sie damit auch nicht mehr zur Vermittlung zur Verfügung standen. Zu groß war die Angst, vor einer neuen Eskalation der Gewalt gewesen. Allerdings hatte es für Tiberius auch Vorteile. Erstens hatte er nun ein paar

Sklaven erbeutet, die er gut zu Geld machen konnte und zweitens hatte er mit seinen harten Handlungen die Aufmerksamkeit seiner Vorgesetzten erregt und wurde nun bei allen Einsätzen, die in kritisches Gebiet gingen, nach vorn geschickt.

Für Tiberius setzte sich damit eine Spirale in Gang, die er nicht anhalten konnte, nicht anhalten wollte. Je mehr er Gewalt ausübte, umso mehr Gewinn machte er durch die Sklaven und umso mehr wurden seine Vorgesetzten auf ihn aufmerksam, was ihm wieder neue Einsätze einbrachte. Schon bald verdiente er mehr mit den erbeuteten Barbaren, als er durch seinen Sold erhielt. Allerdings wurden damit auch die Ressourcen in dem Gebiet knapp, denn wer erst einmal als Sklave verkauft war, der konnte keine Steuern mehr erwirtschaften.

Kurz bevor es wieder zu einer offenen Revolte kommen konnte, versetzten sie Tiberius schließlich in einen anderen Teil des Reiches. Die zusammengeraubten Münzen schickte er zu Quintus in die Heimat und hoffte damit seinen Ruhestand zu finanzieren. Endlich kam er dann doch noch aus den finsteren Wäldern heraus und wurde nach Gallien zu einer anderen Legion befördert.

Doch über die wirklichen Gründe, warum er versetzt worden war, machte er sich keine Gedanken. Viel zu sehr lockte der zu erwartende Reichtum. Und nun sah er auch das heimatliche Meer wieder, nur aus einer anderen Richtung.

7. Kapitel

Ein weiter Weg

Aus dem kurzen Aufenthalt in der Stadt waren mehr als drei Jahre geworden. Carolus kam mit dem Händler gut aus und Borghilde verstand sich hervorragend mit Claudia, dessen Frau. Für den Händler, als echten Römer, waren Claudia und Borghilde natürlich nicht viel Wert, aber daran hatten sich beide Frauen mittlerweile gewöhnt. So wie es da eine Trennung in den Ansichten gab, so gab es auch eine räumliche Trennung zwischen Mann und Frau. Ein jeder hatte immer seinen Platz und man traf sich nur ab und zu. Bei der Arbeit im Geschäft saßen die beiden Männer vorn im Bereich, in den die Kunden kamen und die beiden Frauen hielten sich im hinteren Bereich auf, wo die Waren lagen und durften nur nach vorn kommen, wenn sie gerufen wurden.

Selbst am Abend in ihrem Haus hielten die beiden Römer, anders als Carolus und seine Frau, diese Trennung strickt ein. Nur ein oder zwei Mal in der Woche trafen sich die Eheleute. Meist weil Gäste da waren, die man gemeinsam bewirten wollte. Auch bei diesen Festen gab es dann wieder diese Trennung. Die Frauen saßen in einem Bereich des Raumes und die Männer in einem anderen. Wenn man so wollte, so lebten alle nur nebeneinander her. Und so wie das mit den Feiern war, so war die Trennung auch im Haus zu sehen. Es gab den Bereich für den Hausherrn, den Bereich für seine Frau, den Bereich für die Angestellten, in dem Carolus und Borghilde gemeinsam wohnten, und ein extra Haus für die fünf Sklaven, die der Händler sein eigen nannte.

Eigentlich unterstanden die Sklaven ja der Hausherrin, doch in diesem Haus standen diese noch eher über Claudia. Das lag vor allem daran, dass es Sklavinnen waren, die vom Hausherren alle sorgfältig

33

nach seinen Vorlieben ausgesucht worden waren und ihm zu Diensten sein mussten, wann immer es dem Herrn beliebte. Von der Hausherrin jedoch erwartete man Treue und Anstand. Hätte Claudia auch nur einen unzüchtigen Blick mit einem anderen Mann gewechselt, so hätte sie der Hausherr auspeitschen lassen können. Borghilde kam mit dieser Art der Moral nicht wirklich zurecht. Bei ihr, in ihrem Stamm, hieß Treue wirklich noch, einander treu zu sein, und man hielt als Mann und Frau zusammen. Nicht nur, weil das Haus ja praktisch nur einen Raum und die Eheleute nur ein Bett hatten, sondern weil diese Treue die Familie zusammen hielt und damit auch den Stamm.

Wie es nun das Schicksal so wollte, übernahm sich der Hausherr eines Abends bei einer der Sklavinnen und auch ein eilig herbei gerufener Medicus konnte nicht mehr viel für ihn tun. Daraufhin entschieden sich Borghilde und ihr Mann, den angefangenen Weg weiter fortzusetzen. Claudia übergab ihnen einen kleinen Beutel mit Münzen und nun, da sie Witwe war, konnte sie all das nachholen, was ihr bisher versagt geblieben war. Die Frau verkaufte das Geschäft und setzte sich mit dem dafür erhaltenen Geld zur Ruhe, die nicht wirklich eine Ruhe war. Nun konnte sie mit ihren Freundinnen, die zum Teil ebenfalls schon Witwen waren, tun und lassen was sie wollte. Am Tag der Abreise verabschiedete sich Borghilde von ihr und dann bestieg sie ihr Pferd.

Von einem Teil der Münzen hatten sie ein zweites Pferd gekauft, damit konnten nun beide reiten und sie hatten sich einer Gruppe von Kaufleuten angeschlossen, die Carolus von seinen Geschäften bereits gut kannte. Zusammen mit diesem Männern und ihren Wagen brachen sie schließlich zu Beginn des Sommers auf und bewegten sich zuerst an dem Gebirge entlang. Immer weiter kamen sie nach Osten und schon bald fragte sich Carolus im Stillen, ob die Männer wussten, was sie taten, aber sie fuhren ja nicht das erste Mal nach Rom und so blieb ihm nur die Hoffnung, dass alles gut gehen würde.

Schließlich begannen sie in einem kleinen Tal nach Süden abzu-schwenken und von dort aus über das Gebirge zu ziehen. Offensicht-lich war hier der Anstieg nicht so steil gewesen, wodurch sie auch mit den schwer beladenen Wagen über den Pass fahren konnten. Immer höher stiegen sie in das Gebirge auf und immer kleiner wurden die Bäume. Schließlich waren nur noch Steine rings um sie herum und danach ging es auf der anderen Seite wieder hinab.

An einem kleinen Tempel im Tal brachten sie ein Opfer für die erfolgreiche Überquerung dar und setzten danach ihren Weg nach Süden fort. Für Borghilde war es eine vollkommen andere Welt. Hier auf dieser Seite sahen sogar die Bäume anders aus, als sie es gewohnt war.

Die kleinen Straßen schlängelten sich durch die Ebene. Von Dorf zu Dorf, von Stadt zu Stadt und mit jeder Übernachtung in einer der zahlreich vorhandenen Schänken nahm die Anzahl der Münzen im Beutel der Eheleute ab. Schon bald mussten sie sich überlegen, ob sie nicht jeweils in den Städten für ihre Übernachtungen arbeiten sollten, denn schließlich würden sie ja auch noch ein paar Münzen für den Neuanfang in der südländischen Stadt brauchen. Sie verabschiedeten sich von den Händlern und setzen ihren Plan in die Tat um.

Dadurch wurde der Weg natürlich immer länger. In einigen Städ-ten blieben sie mehr als einen Monat und immer fanden sie etwas, was genug Geld einbrachte, um die Übernachtungen zu zahlen und vielleicht noch etwas zurückzulegen.

Die beiden machten dabei wirklich fast alles, was sich ihnen an-bot. Mal halfen sie einem Bauern auf seinem Feld, mal arbeitete Bor-ghilde in einer Therme und mitunter halfen sie auch dem einen oder anderen Händler aus.

Nach mehr als einem Jahr sahen sie dann in der Ebene vor sich die Hauptstadt des Reiches. Von ein paar kleinen Hügel umgeben lag die Stadt dort da, aber sie hatten ja vor, noch weiter in den Süden zu ziehen. So zogen sie schnell durch die Stadt hindurch, da sie sich die Preise für die Übernachtungen hier sowieso nicht leisten konnten.

Es war der Mai des Jahres 76, als sie endlich die ersehnte Bergspitze vor sich sahen und dahinter das blaue Meer, von dem Tiberius immer so geschwärmt hatte. Das letzte Stück des Wegs rannten sie, die Pferde hinter sich herziehen, bis sie bis zu den Knien in dem blauen Wasser des Meeres standen.

8. Kapitel

Die weiße Stadt

Tiberius hatte recht gehabt. Diese Stadt war wirklich wunderschön. Sie war prachtvoller als Rom und konnte sich im Luxus mit jeder anderen Stadt dieser Zeit ohne Probleme messen lassen. Staunend gingen Carolus und Borghilde durch die Straßen. Ihr Weg führte sie über das Forum und entlang der weißen Villen. Im Hafen lagen Schiffe aus allen Ländern und die Stimmen der Menschen klangen nach Ferne und Abenteuer. Fischer fuhren hinaus und Galeeren mit Krügen aus Griechenland sowie Waren aus allen möglichen Ländern legten an. Stundenlang hätte man dem geschäftigen Treiben im Hafen zusehen können. Doch sie brauchten ja noch eine Unterkunft. Es gab unzählige Gästehäuser hier, doch im Moment waren fast alle ausgebucht, da viele Römer hierherkamen, um im Luxus Urlaub zu machen.

Nach einer langen Suche fanden sie sich am obersten Platz der Stadt wieder. Von hier aus konnten sie auf all die weißen Häuser unter sich herabschauen. Direkt neben ihnen war ein Stand, an dem Wein, Brot und gebratener Fisch angeboten wurden und da die Beiden durch die Suche nach einem Zimmer doch schon etwas hungrig geworden waren, opferten sie ein paar der kupfernen Asse-Münzen und kauften sich ein kleines Mahl, das sie auf einer Bank sitzend einnahmen. „Vielleicht finden wir was am Rande der Stadt", sagte Carolus und zeigte zur Seite, wo am Ufer des Meeres kleinere Häuser zu sehen waren. Dort gab es vielleicht auch Bauern, denen sie helfen konnten. So zogen sie der untergehenden Sonne entgegen und konnten am Abend eine kleine Taverne finden, in der sie für eine Nacht ein Zimmer bekamen.

Am nächsten Morgen machten sie sich wieder auf die Suche nach einer Arbeit. Zusammen gingen sie von Haus zu Haus, doch nirgendwo konnten sie eine Anstellung finden. Die meisten Bauern hatten ihre Sklaven und da wollten sie nicht an einen freien Bürger einen Lohn zahlen müssen. Auch bei den Händlern, den Bäckern und selbst in einigen der Schänken versuchten es die beiden, doch überall schüttelten die Besitzer nur den Kopf. Zum Schluss klopften sie einfach an einem Haus, von dem sie nicht wussten, was darin hergestellt wurde und rechneten schon damit, auch hier eine Absage zu erhalten, doch diesmal hatten sie Glück. Da es schon auf den Abend zuging, sollten sie erst am nächsten Tag mit ihrer Arbeit beginnen, die Unterkunft erhielten sie aber schon am Abend. In einem kleinen Innenhof lag die Tür eines Flachbaues, der sich an das Haus der Herrschaft anschloss.

Ohne noch lange zu Fragen oder wach zu bleiben fielen sie fast sofort in einen tiefen Schlaf. Nach Sonnenaufgang wurden sie von der Herrin des Hauses geweckt und von ein paar Sklaven zu einem weiteren Innenhof begleitet. Kaum hatten sie diesen Hof betreten, da schlug ihnen eine stinkende Wolke entgegen, wobei sich Borghilde erst einmal die Nase zuhalten musste. Und das, obwohl sie ihr ganzes Leben mit Schweinen unter einem Dach zugebracht hatte. Aber das hier war selbst ihr zu viel. Der Sklave erklärte ihr, dass hier Garum hergestellt wurde. Schon oft hatte Carolus diese Würzsoße benutzt, ohne sich wirklich um die Herstellung Gedanken zu machen. Ein älterer Sklave brachte sie zu einem Becken aus Kupfer, unter dem ein kleines Feuer brannte. Eine braune, stinkende Brühe war darin und der Sklave fischte mit einem Holzlöffel ein paar halb verweste Fische hervor.

Er begann zu erklären, „In dem Bottich werden Fische, wie Thunfisch, Sardelle oder Makrele, die wir von den Fischern erhalten, mit all ihren Eingeweide in einer Lake aus Salz vermischt. Dann lassen wir diese eine Woche köcheln und kippen sie dann dort hin." Dabei ging er zu einer Reihe offener Gruben, in denen die Fischsuppe vor sich hin stank. „Hier drin bleibt der Fisch dann ein paar Monate in der Sonne", erklärte er und ging weiter zu einem Schuppen, bei dem eine Tür offen stand und erzählte weiter „Und hier wird dieses Gemisch dann ausgepresst und gefiltert. Die Soße kommt dann in die Krüge und wird verkauft." Dabei zeigte er auf die an der Seite des Schuppens aufgestellten Behälter, die Carolus gut kannte.

„Und was wird unsere Aufgabe sein?", fragte Borghilde vorsichtig und hoffte, dass der Sklave nicht das Kochen der Fische meinte. Zu ihrem Glück sagte er „Ihr sollte die Soße in die Krüge füllen." Damit konnte sie sich gut anfreunden. Hier drin in dem Schuppen roch es nicht so nach dem Fisch, wie es noch draußen auf dem Hof war. Aber sicher würden sie sich mit der Zeit auch daran gewöhnen. Bereits an diesem Tag begannen sie mit ihrer Arbeit und im Gegensatz zu den Sklaven würden sie auch noch ein paar Münzen für ihre Tätigkeit erhalten.

Trotzdem war es eine schwere Arbeit, die wohl kein anderer machen wollte. Oft rümpfte Borghilde die Nase, doch sie gewöhnte sich an den Geruch. Einen Tag in der Woche hatten sie frei und mussten nicht arbeiten. An diesen Tagen gingen sie nach Pompeji hinein. Meist waren sie dann in der Therme, die sich unmittelbar am westlichen Rand der Stadt befand und damit fast auf Sichtweite ihrer Unterkunft.

Diese Therme lag direkt am Hafentor. Sie war ganz neu errichtet worden und war besonders schön ausgestaltet. Das Beste daran war aber, dass sie große Fenster hatte, aus denen man den Schiffen zusehen konnte, die auf das Meer hinausfuhren oder von dort zurückkamen. Lange konnte Borghilde dort im warmen Wasser sitzen und auf das Meer hinaus schauen. An manchen Tagen gingen sie nach dem

Besuch der Therme auch noch an den Strand, um dort in der Sonne zu liegen oder im Meer zu baden. Doch all das gab es eben nur einen Tag in der Woche. Den Rest ihrer Zeit lebten sie praktisch mit dem stinkenden Fisch unter einem Dach. Wenn der Wind ungünstig stand zog der Geruch durch das ganze Haus. Das war sicher auch ein Grund dafür, dass die Bottiche mit dem Fisch so weit vom Stadtzentrum entfernt gebaut worden waren. Direkt in der Stadt hätte es vermutlich keiner lange damit ausgehalten.

Nachdem sie dort mehr als ein halbes Jahr gearbeitet hatten, überlegten sie sich, ob sie dafür den weiten Weg auf sich genommen hatten, nur um nun bis zu den Ellenbogen jeden Tag in der Fischsoße zu stecken, oder ob ihnen nicht vielleicht noch eine andere Arbeit in der Stadt möglich war. Carolus fiel sein alter Centurio wieder ein und er überlegte sich, wo er Quintus wohl finden konnte. Würde er bei ihm eine bessere Arbeit finden?

9. Kapitel

Neue Aufgaben, große Gewinne

Zum gleichen Zeitpunkt stand Tiberius im Süden Galliens am Strand und schaute auf das Meer. Wenn er einen Berg in der Höhe dessen, der in seiner Heimatstadt stand, gehabt hätte, so hätte er vielleicht auch Pompeji von dort aus sehen können. Er war nun bis zu der Stelle in der militärischen Hierarchie in der Legion aufgestiegen, wo es für ihn, als nichtadliger Bürger, nicht mehr weiter ging. Nur die Adligen und Ritter konnten die höheren Offiziersränge einnehmen. Doch nun begann auch sein Stern zu sinken.

In Germania Magna hatte er jeden Monat etwa fünfzig Denare als Sold erhalten und in manchen Monaten das Zehnfache durch die erbeuteten Sklaven verdient. Und nun war er hier! Hier war alles friedlich. Alle zahlten pünktlich die Steuern für Rom und er konnte nichts daran ändern. Die einzige Aufregung in seinem Leben war, wenn er für zwei Asse, etwa dem Gegenwert eines Kruges Wein, zu einer der rothaarigen Dirnen ging, die hinter der Therme in ihren Räumen arbeiteten. Die gallischen Frauen waren wirklich sehr schön.

Schließlich kam er auf die Idee, die Abgaben zu erhöhen und dadurch den Verlust zu kompensieren und vielleicht gab es ja dadurch Unruhen, die er niederschlagen konnte. Dabei gäbe es dann sicher auch wieder für ihn die Möglichkeit, dass er erneut Sklaven erbeuten konnte. Im Gedanken rieb er sich schon die Hände vor Freude. Ein paar Tage später begann er seinen Plan in die Tat umzusetzen. Seine Einheit zog los, um die vorgeschriebenen Abgaben auf die Wagen zu verladen, so wie er es oft in Germanien gemacht hatte, doch diesmal hatte er sich verrechnet. Er hatte das Dorf ausgewählt, dessen Stammesoberhaupt gute Kontakte zum Tribun hatte. Noch bevor er mit seinen Männern wieder im Lager war, wusste sein Vorgesetzter schon Bescheid und stellte ihn zu Rede.

Erst vor ein paar Jahren hatte es einen Aufstand in Gallien gegeben und der Kaiser hatte alles Mögliche in Marsch gesetzt, um die Gegend zu befrieden. Anders als in Germanien, war Gallien aber eine römische Provinz. Es gab hier geordnete Verhältnisse und das bekam nun auch Tiberius zu spüren. Hier wollte niemand einen neuen Aufstand riskieren und deshalb fand er sich kurz darauf als Legionär an den Ufern des Danubis wieder, da wo alles angefangen hatte.

Er stand wieder auf seinem Turm und alles begann von neuem. Doch er verlor nicht den Mut, sondern setzte sein Werk fort, denn nun war er ja wieder da, wo es seinen Reichtum, den er immer noch regelmäßig an Quintus schicken ließ, ohne Probleme und Skrupel mehren konnte.

Hier waren immer noch dieselben Vorgesetzten in dem Kastell, bei denen er sich schon zuvor ausgezeichnet hatte und so stand einem erneuten Aufstieg nichts mehr im Wege. Nun zog er schon bald wieder als Centurio in das Land der Germanen hinein, nur diesmal in den Bereich, den die Markomannen bewohnten. Eigentlich hatte er immer noch Angst im Wald, aber mit der Macht der Legionäre in seinem Rücken war das alles nicht so schlimm. Und hier konnte sich keiner beschweren.

Es waren regelrechte Raubzüge, die Tiberius veranstaltete, denn da es keine Provinz Roms war, hatten die Menschen ja normalerweise auch keine Abgaben zu zahlen. Aber die blonden Sklaven aus dem Norden waren viele Denare wert. Die blonden Frauen waren in Rom besonders geschätzt und so machte er die Züge eigentlich nur, um sich weiter mit Sklaven zu versorgen. Selbst der kleinste Widerstand reichte aus, dass er alle Bewohner des Dorfes gefangen nahm. Meist nahm er nur die Jüngeren mit und ließ die anderen zur Abschreckung quälen und töten.

Da er so klug war, seinen Gewinn mit dem Kommandanten des Kastells zu teilen, legte ihm dieser auch bei seinen Zügen keine Steine in den Weg und seinen Legionären erlaubte er, zu rauben, was immer sie haben wollten. Einzig das kalte und nasse Wetter machten ihm zu schaffen. Viel lieber wäre er ja im warmen Gallien geblieben, aber da gab es eben nicht viel zu holen. Immer noch lebte er allein und an manchen Abenden, wenn er in seiner Hütte saß, dachte er daran, was mit den vielen Denaren passierte, die er so jeden Monat nach Hause schickte. Mittlerweile musste das ein richtiges Vermögen sein. Nur einen kleinen Teil seines Soldes behielt er für sich zurück. Genug um zu leben und ein paar Asse für die Dirnen im Badehaus fielen auch noch mit ab.

Irgendwann überlegte er sich, ob er nicht einfach eine der Sklavinnen behalten sollte, die ihm dann zu Diensten sein musste. Dieser Gedanke reizte ihn immer mehr.

Bei seinem letzten Zug, bevor er in die Verwaltung des Kastells versetzt werden sollte, machte er sich deshalb auf die Suche. Am Morgen hatten sie das erste Dorf erreicht und es wie immer schnell umzingelt. Sie hatten mittlerweile eine solche Routine darin, dass er nicht ein Wort dazu sagen musste. Alles ging blitzschnell. Wenig später war alles Wertvolle geraubt, die Männer getötet und die Frauen als Sklavinnen zu zweien aneinander gefesselt. Tiberius ging die Reihe ab. Es waren zwanzig Mädchen und junge Frauen, die er sich eine nach der anderen sorgfältig ansah. Die jüngste mochte vielleicht zwölf sein, die älteste noch keine dreißig. Er konnte die Angst in den

Augen der Frauen sehen und das gab ihm eine Überlegenheit, die er lange auskostete.

Schließlich entschied er sich für eine etwa siebzehn Jahre alte Frau, die er von den anderen trennte und an sein Pferd binden ließ. Mit ihr hinter sich, brachen sie schließlich auf und überfielen an diesem Tag noch zwei weitere Dörfer, bevor sie wieder zurück in Richtung Lager marschierten. Noch an diesem Abend legte er ihr das Halsband mit seinem Abbild um, welches er vorsorglich mitgenommen hatte. Dieses Halsband ließ sich nicht mehr entfernen und kennzeichnete die junge Frau nun als seinen Besitz. Gleichzeitig gab er ihr den Namen Tiberia. Noch konnte sie seine Sprache nicht, aber für das, was er von ihr wollte, brauchte sie auch nicht zu reden.

Von nun an würde sie in seinem Zelt oder in seiner Nähe sein. Ihren anfänglichen Widerstand hatte er schnell mit Gewalt gebrochen und ihre blitzenden Augen, sowie die Angst der jungen Frau machten für den Mann erst so richtig den Reiz aus, nach dem er gesucht hatte.

10. Kapitel

Ein Meer der Möglichkeiten

Mehr als einen Monat hatte Carolus nach dem früheren Vorgesetzten gesucht, doch niemand kannte ihn in der Stadt. Das kam ihm irgendwie komisch vor, denn so groß war die Stadt ja eigentlich nicht. Hier lebten etwa 8.000 Menschen und es kamen noch einmal genauso viele hinzu, die in der weißen Stadt am Meer Urlaub machten. Da die meisten der Einwohner aber Sklaven waren, konnte es ja nicht so schwierig sein, einen angesehenen Händler zu finden. Endlich traf er in der Therme, mehr zufällig, einen Mann, der Quintus kannte und ihm erzählte, dass er sich momentan in Ägypten aufhielt und sonst in einem Haus in Herculaneum wohnte.

Herculaneum war eigentlich nicht viel mehr als ein kleines Fischerdorf. Dort fuhren die Fischer los, die den Fisch für die Herstellung des Garum aus dem Meer fischten. Vor allem die Thunfischfänger waren dort zu Hause und einige davon hatte Carolus schon getroffen. Dass der reiche Händler sich gerade dort niedergelassen hatte, war schon verwunderlich und am folgenden Sonntag machte sich Carolus mit seiner Frau auf den Weg, der nicht weit war und direkt an der Küste auf der Straße entlang führte. Das „Dorf" war nur etwa halb so groß wie Pompeji und dort lebten auch nicht so viele Urlauber. Vielleicht hatte sich Quintus deswegen hier angesiedelt. Nun mussten sich die beiden nur noch durchfragen, bis sie das Haus des Händlers gefunden haben würden.

Vermutlich war es eine Villa, aber so sicher konnten sie da nicht sein. Und eventuell war er ja immer noch in dem Land am Nil. Borghilde kam der Einfall am Hafen zu fragen, denn wenn er in dem fernen Land war, so musste ihn ja am Hafen auch jemand kennen. Sie folgten dem Weg zum Hafen und betraten eine lange Treppe, die zu ein paar Bootshäusern hinunterführte. Von dort aus fuhren die Fischer von einem Steg ab. Zwei kleine Boote lagen am Strand und eines im Wasser. Dort wurden gerade Thunfische ausgeladen und Carolus fragte einen der Fischer, der kurz seine Arbeit einstellte und überlegte. Nach einer Weile zeigte er auf eine weiße Villa, von der vom Steg aus nur das Dach zu sehen war. Carolus bedankte sich und sie stiegen die Treppe wieder hinauf und folgten einem kleinen Weg.

Die Villa lag nach Süden hin und war wohl die prächtigste des ganzen Dorfes. Direkt von der Tür aus konnte man über das Meer hinausschauen. Die weiße Fassade strahlte im Licht der mittäglichen Sonne. Carolus klopfte am Portal an und eine Sklavin öffnete ihm. Er fragte nach Quintus und wurde in einen Vorraum gebeten. Prächtige Mosaikfußböden sah er, als sie eintraten. Auch die Wände waren kunstvoll verziert und nach einer Weile des Wartens kam auch schon Quintus auf ihn zu. „Du hast Glück, dass ich noch da bin. Morgen fahre ich mit dem Schiff nach Alexandria", sagte der Mann und umarmte Carolus. Borghilde beachtete er gar nicht, sondern bat ihn einzutreten und sich zu setzen. Die Frau schloss sich den beiden Männern an, nicht wissend, ob sie wirklich willkommen in diesem Haus war.

Wenig später saßen die beiden Männer bei einem prächtigen Mahl und Borghilde stand immer noch unschlüssig am Eingang des Raumes herum. Einfach so einzutreten wäre dem Händler gegenüber unhöflich gewesen und so nahm die Hausherrin sie schließlich mit in ihren Bereich des Hauses. Von dort aus konnte man auch auf das Meer hinaus sehen. Livia, so hieß die Hausherrin, erzählte ihr, dass sie häufig hier am Fenster stand, wenn ihr Mann auf See war. So fühlte sie sich ihm etwas näher und konnte auch die heimkehrenden Schiffe sehen.

Quintus und Carolus schwärmten in der Zwischenzeit von den alten Zeiten in der Legion. Schließlich schlug der Händler vor, dass Carolus ihn auf der Reise begleiten sollte. „Gern, aber kann meine Frau uns begleiten?", fragte Carolus und der Händler überlegte kurz. Konnten Frauen auf Schiffen nicht Unglück bringen? Schließlich stimmte er zu und brachte den Freund zu einem Zimmer im hinteren Bereich der Villa, wo dieser in der Nacht schlafen konnte. Später traf auch Borghilde ein und noch vor dem Einschlafen hatte sie der Reise zugestimmt, auch wenn es ihre erste Schifffahrt werden würde.

Am nächsten Morgen trugen viele Sklaven Kisten, Körbe und Krüge zum Hafen hinunter, wo sie diese auf ein Segelschiff verluden. Die drei Passagiere folgten ihnen und schon wenig später legte das Schiff ab. Unter vollen Segeln fuhren sie die Küste entlang, bevor sie auf die offenen See fuhren, um am Abend in einem kleinen Hafen zu ankern.

So setzten sie die Fahrt Tag für Tag weiter fort. Meist in Sichtweite zur Küste. Trotzdem war es Borghilde an manchen Tagen so schlecht, dass sie nichts essen konnte. Dabei gab es noch nicht mal einen Sturm, aber schon das leichte Schwanken im Wind reichte der Frau völlig aus. Sie war eben nicht für die Seefahrt gemacht und manchen Abend sagte sie sich in Gedanken, dass dies wohl die letzte Fahrt ihres Lebens sein würde. Wenn sie je lebend an das Ziel gelangen würde.

Das Schiff brauchte neun Tage, bevor Borghilde in der Ferne ein hohes Bauwerk bemerkte. Quintus nickte und sagte „Das ist der Pharos. Ein hoher Turm, an dessen Spitze nachts ein helles Feuer brennt. Er steht am Eingang des Hafens von Alexandria und zeigt den Schiffen die Richtung an." Schon wenig später fuhren sie, an dem himmelhohen Turm vorbei, in den Hafen der Stadt ein. Dort wollte Quintus seine Ware kaufen und Carolus konnte mit seiner Frau etwas bummeln gehen. Ein paar Tage würden sie in der Stadt bleiben und danach wieder zurückfahren.

Es war Sommer und fast unerträglich heiß in der Stadt. Die weißen Gebäude reflektierten noch mehr Wärme, aber diese Pracht musste man einfach gesehen haben.

Voll beladen fuhr das Schiff dieselbe Strecke zurück. Insgesamt waren sie einen Monat unterwegs, bevor sie endlich die Bergspitze und die davor liegenden weißen Häuser von Pompeji sahen. Als Borghilde endlich wieder festen Boden unter den Füßen hatte, fragte sie sich, wie es denn nun mit ihnen weiter gehen sollte. Konnten sie bei Quintus im Geschäft helfen?

11 . Kapitel

Reichtum und Armut

Mittlerweile war es Anfang des Jahres 78 und die beiden Eheleute halfen immer noch bei Quintus in dessen Geschäft aus. Bei ihm gab es fast alles, was die Schiffe nur aus Afrika zu ihm herüberbringen konnten. Selbst ägyptische Götterfiguren wurden in seinem Geschäft aufgestellt und fanden reißenden Absatz. Alles, was exotisch aussah, das war den reichen Kunden die Denare wert, die sie dafür zahlen mussten und in dem Laden gab es fast alles davon. Der Händler war sehr angesehen und er nannte zwei Schiffe sein eigen. Diese fuhren im Sommer von dem Hafen der Stadt Pompeji nach Alexandria, nach Syrakus oder zu den griechischen Inseln. Von dort brachten sie den griechischen Wein mit, der so süß war und trotz einheimischer Weine in Pompeji reißenden Absatz fand.

Nur Waren aus dem Norden, aus Germanien, suchte man dort vergebens. Doch vielleicht konnte man das ja ändern. Borghilde und Carolus kannten sich damit ja gut aus, aber sie vermochten Quintus nicht davon zu überzeugen, dass dies ein gutes Geschäft versprach. Der Mann setzte weiterhin auf den Handel mit Waren aus dem Süden, obwohl er ja mit Tiberius auch eine gute Verbindung in den Norden gehabt hätte. Als Carolus den Händler auf den gemeinsamen Freund ansprach, wurde dieser seltsam Stumm. Dabei wusste doch Carolus um den Handel zwischen den beiden Männern. War da etwas passiert, was er nicht erfahren hatte? Doch wen konnte er fragen?

Früher als sonst machten Quintus Sklaven die beiden Schiffe in diesem Jahr Seefertig. Über den Winter, wenn man die kalte Jahreszeit hier überhaupt so nennen konnte, waren die beiden Schiffe an

Land überholt worden, und nun wurden sie im Hafen wieder zu Wasser gelassen.

Es war allgemein bekannt, dass die Schiffe nur in der Zeit von April bis Oktober auf das offene Meer fahren durften, doch Quintus war anscheinend so gierig geworden, dass er sie in diesem Jahr schon im Februar fahren ließ.

Damit kam es, wie es kommen musste, und die Schiffe gingen in einem schweren Sturm unter. Da sie auf der Rückreise gesunken waren, versank mit ihnen auch die gekaufte Ware, die der Händler noch nicht einmal wirklich bezahlt hatte. Somit hatte er sich schwer verschuldet. Von einem Tag auf den anderen stand der Händler ohne etwas da. Er hatte viel riskiert und fast alles verloren.

Nur das Haus und die noch verbliebene Ware hatte er noch. Nun musste er versuchen, den Rest zusammenzuhalten, aber er konnte Carolus nicht mehr bezahlen und musste sogar ein paar seiner Sklaven verkaufen. Die prachtvolle Villa wechselte ebenfalls den Besitzer und er zog mit seiner Frau in ein viel kleineres Haus um.

Reichtum und Armut waren nur eine Entscheidung voneinander entfernt gewesen. Alles gewagt, alles verloren. Quintus hatte auch keine Schiffe mehr, um neue Ware zu holen und unter den anderen Händlern war er wegen seiner unvorsichtigen Handlung vorerst einmal nicht eines Blickes Wert.

Nun standen aber auch Carolus und seine Frau auf der Straße. Nicht nur, dass sie ihre Arbeit verloren hatten, auch die kleine Wohnung, die sie im Hinterhaus von Quintus gehabt hatten, hatten sie damit verloren. Was würde nun werden? Was sollten sie tun? Zurück zur Garumküche? So schlecht ging es ihnen noch nicht. Oder doch? Vorsichtshalber informierte sich Borghilde, aber sie bekam eine Absage. Dort gab es für sie nichts mehr zu tun. Sollten sie also einem Bauern helfen? Wieder begann die Suche und sie wohnten vorerst in einer Taverne. Langsam nahmen die Münzen ab.

Was konnten sie tun?

Als die Fischer begannen, hinauszufahren half Carolus beim zu Wasser lassen der Boot mit, aber damit war auch nicht viel zu verdienen. An manchen Tagen gaben sie mehr aus, als sie einnahmen und der Boden des kleinen Münzsäckchens kam zunehmend näher. Eines Abends stapelte Carolus die letzten Münzen auf den Tisch und zählte nur noch zehn Denare. Damit würden sie höchstens noch einen Monat leben können. So hatten sie sich das Leben in der Stadt hier im Süden nicht vorgestellt. Schön war sie eigentlich nur, wenn mag genügend Münzen im Beutel hatte. Für alle anderen zeigte sie ihre dunkle Seite.

Zuerst brauchten sie eine andere Wohnung. Das Leben in der Taverne war einfach viel zu teuer. Zum Glück waren die Nächte schon einigermaßen warm und so beschlossen sie mit ihrer Habe vorerst in eines der Bootshäuser am Hafen zu ziehen. Mit einem der Fischer verhandelte er lange und sie kamen überein, dass er zwei Asse für die Übernachtung zahlen würde. Der Fischer räumte seine Sachen heraus und Borghilde brachte ihre Sachen hinein. Es war nicht viel, was sie hatten. Ein kleiner Beutel mit Wechselsachen, eine Öllampe und ein paar Messer. Nicht viel, aber den beiden reichte es zum Überleben.

Nun hatten sie das Meer immer direkt vor sich. Das Rauschen der Brandung wiegte sie am ersten Abend in den Schlaf, so deutlich hatten sie das Meer bisher noch nicht gehört. An ihren Mann gekuschelt schlief sie in dem Schuppen. Sicher in seinem Arm. Das Geschrei der

Möwen weckte sie. Bereits vor Sonnenaufgang ging es vor dem Bootshaus laut zu. Die Fischer fuhren hinaus und machten dabei nicht wirklich leise. Doch der Blick über das Meer war einfach herrlich. Borghilde wusch sich im Meer, als die Boote endlich fort waren und bereitete dann das Mahl zu. Es gab nicht viel, aber die beiden wurden davon satt. Nun, da sie ein Dach über dem Kopf hatten, mussten sie aber weiter nach einer Arbeit suchen.

Auf dem Markt konnte Borghilde an einem Stand aushelfen. Es war ein Stand, an dem ausgerechnet Garum verkauft wurde und dazu konnte Borghilde ja viel erzählen, aber die meisten Käufer wollten lieber nicht wissen, wie es hergestellt wurde.

Sie hatten beide gehofft, dass mit dem Beginn der Urlaubssaison durch die eintreffenden Gäste etwas zu tun für sie übrig blieb, aber sie wurden enttäuscht. Die meisten Bauern hatten ihre Sklaven und auch sonst wurde durch die Sklaven alles viel billiger gemacht, als durch die Beiden, denen man ja dann einen Lohn zahlen musste. Nun saßen sie abends am Meer an einem Feuer und überlegten, was sie noch tun konnten. Da sie nicht mal mehr Geld für ein paar Pferde hatten, konnten sie auch nicht mehr zurück in den Norden gehen. Sie waren hier auf Gedeih und Verderb gefangen.

12. Kapitel

Im Ludus

Alles hatten die Beiden versucht, aber nirgendwo hatten sie eine Arbeit gefunden. Die Denare wurden auch langsam alle und auch, wenn die Übernachtung immer nur ein paar Asse kostete und sie sich nur von Brot und Wein ernährten, war schon bald nichts mehr in der Kasse drin. Die schönste Stadt ist nicht viel wert, wenn man nicht dort leben konnte. Aber zurück konnten sie auch nicht. Das wenige verbliebene Geld reichte weder für eine Fahrt in den Norden noch für ein paar Pferde. Selbst wenn sie nun nach Hause hätten gehen wollen, sie hätten keine Möglichkeit mehr dazu gehabt. Nur zu Fuß hätten sie gehen können. Doch Borghilde hinkte immer noch und das würde nun wohl auch für immer so bleiben.

Wieder einmal ging er von Stand zu Stand auf dem Marktplatz und fragte die Bauern, ob er bei ihnen arbeiten konnte, doch jeder lehnte nur ab. Als Carolus schon nicht mehr daran geglaubt hatte, dass sie hier noch etwas finden konnten, traf er auf dem Markt einen Mann, der ihm bekannt vorkam. Schließlich sprach er ihn an und erfuhr, dass er ebenfalls Centurio in ihrer Legion gewesen war. Nun leitete er den Ludus, die Schule der Gladiatoren, in Pompeji. Spurius, so hieß der Mann, lud Carolus zu einem Krug Wein ein, was dieser nicht ablehnte.

Wenige Augenblicke später saßen sie am Rande des Forums unter einem kleinen Vordach, welches die Sonne von ihnen fern hielt und schauten auf das weite Meer unter ihnen, das sich zwischen den Häusern im Westen zeigte. Es gab einen hervorragenden Wein, den die Bauern am Fuße des Berges anbauten, wie der Wirt ihnen erzählte. Im Moment lag der Berg hinter ihnen, wodurch sie ihn gerade nicht sehen konnten, doch eigentlich war er immer da, zu unübersehbar ragte die Spitze in den Himmel. Carolus stieß mit seinem Freund an. Gemeinsam schwärmten sie von den alten Zeiten, in denen sie noch in der Legion gekämpft hatten. Schließlich lud Spurius Carolus und dessen Frau für den nächsten Tag in seinen Ludus ein und der Freund sagte gern zu. Vielleicht konnte man dort in Pompeji eine Arbeit für sich finden und wenn nicht, so blieb wenigstens die Ablenkung von den täglichen Sorgen übrig.

Zu Fuß machten sie sich am nächsten Morgen auf den Weg und erreichten schon bald den umbauten Hof. In der Mitte war ein freier Platz und an drei Seiten waren schräg nach oben gestaffelte Ränge mit Sitzplätzen errichtet worden. Etwa zweihundert Zuschauer saßen schon dort und sahen den übenden Gladiatoren zu. Immer wieder ging ein Trainer von der einen Gladiatorengruppe zur nächsten. Obwohl die Männer mit Holzwaffen übten, feuerten sie die Zuschauer an, als wären es richtige Kämpfe. Borghilde und Carolus setzten sich in die Nähe des Einganges in die erste Reihe.

Etwa zwei Männer hoch war der Boden der Trainingsarena unter ihnen und dort kämpften die Männer in der Hitze der Sonne, die den Sand aufheizte. In einer Ecke war ein Brunnen, an dem sich die Kämpfer erfrischen konnten. Händler mit gebratenem Fisch oder Brot an kleinen Stöcken gingen durch die Reihen und verkauften diese an hungrige Zuschauer. Auch Borghilde kaufte sich für ein Ass einen Bratfisch am Stock. Carolus schaute den Kämpfern aufmerksam zu und beobachtete den Ablauf. Immer wieder kamen Zuschauer oder gingen und auch die Gladiatoren unten wechselten immer wieder die Positionen, verschwanden durch ein Tor, oder wechselten die Waffen. Anscheinend waren auch die Übungskämpfe der Gladiatoren sehr beliebt bei den Zuschauern. Viele kleine Kinder waren mitgekommen und rannten umher. Die größeren schauten aufmerksam zu.

Als die Dämmerung einsetzte, wurden die Gladiatoren in ein Gebäude geführt und die letzten Zuschauer gingen. Borghilde wollte ebenfalls die Tribüne verlassen, denn der Weg nach Herculaneum war noch weit, doch Carolus wollte zuerst noch mit seinem Freund reden. Er stieg die Treppe hinunter und schaute sich um. Im Schein eines Feuers sah er ihn unweit seiner Position stehen. Spurius stand unten am Eingang zur Arena und redete mit einem älteren Mann, dann sah er seinen Freund und kam zu Carolus.

Borghilde war ebenfalls zu ihm getreten und nun lud er die Beiden zu sich nach Hause ein. Seine kleine Villa befand sich unweit des Ludus und dort wurde er schon von seiner Frau und drei kleinen Kindern erwartet. Die beiden Frauen verstanden sich sofort und Sofia war froh in Borghilde eine Freundin gefunden zu haben. Nachdem die Kinder im Bett waren, saßen die Frauen noch lange auf einer kleinen Terrasse und erzählten von dem, was sie bisher gemacht hatten. Es wurde ein langer Abend und so blieben die beiden Gäste in einem von Sofia und einer Sklavin schnell eingerichteten Gästezimmer über Nacht.

Es war schön für Borghilde, mal wieder in einem richtigen Bett zu schlafen. Bisher hatte sie immer nur auf der Decke im Bootshaus gelegen. Das Haus war zwar klein, aber sehr schön. Nur das Meer war von dort aus nicht zu sehen, weil ein anderes Haus davor stand. Die beiden schliefen sehr gut in dieser Nacht und erst die durch ein Fenster fallende Morgensonne weckte die beiden wieder auf. Aneinander gekuschelt lagen sie in dem Zimmer und lauschten in den Morgen. Noch war Ruhe in dem Haus, aber schon bald danach hörten sie die Kinder über den Gang toben.

Spurius führte Carolus an diesem Tag durch den Ludus. Er zeigte ihm die Unterkünfte, in denen die Sklaven lebten und den Bereich unter den Rängen. In diesem offenen Bereich standen Hindernisse für das Training. Der offene Platz sah hier unten viel größer aus, als sie ihn am Tag zuvor von oben gesehen hatten. Die Gladiatoren liefen auf den Platz und begannen mit ihrem Training.

„Willst du hier als Trainer arbeiten?", fragte der Freund und Carolus nickte. Er hatte ja sonst auch nichts zu tun. Borghilde würde da sicher mit zustimmen. Im Gegensatz zu seinen römischen Freunden fragte Carolus seine Frau bei wichtigen Entscheidungen. Aber hier konnte er ein paar Denare verdienen und wenn sie im Haus von Spurius wohnen konnte, würde das Geld auch nicht so schnell wieder abnehmen. Sie mussten noch einmal nach Herculaneum, um die Sachen aus dem Bootshaus zu holen und waren zur Abenddämmerung wieder zurück in der Villa.

Schon am nächsten Tag begann Carolus mit seiner Arbeit im Ludus.

13. Kapitel

Sklavin oder nicht

Die Frau kniete in dem Haus vor dem Feuer und schürte die Glut. Seit mehr als einem Jahr war sie nun schon Sklavin. Tiberia musste noch das Essen für ihren Herrn machen. Der Kessel hing schon über der Feuerstelle und dampfte vor sich hin. Sie stand auf und schaute sich in dem Raum um. Das Haus hatte nur diesen einen Raum. Er war Essbereich, Wohnbereich und Schlafbereich in einem. Aber das war sie auch von der Hütte ihrer Eltern gewohnt. Oftmals wohnten bis zu zwanzig Personen in einer Hütte, hier waren sie nur zu zweit. Sie sah das Bett am anderen Ende der Hütte und dachte daran, wie Tiberius sie am ersten Abend an den Haaren dorthin gezogen, ihr die Sachen zerrissen und sich dann an ihr vergangen hatte. Bei der Erinnerung griff sie an das Medaillon an ihrem Hals, was sie zu seinem Eigentum gemacht hatte. Er konnte alles mit ihr machen, selbst sie verkaufen oder töten, ohne das dem Mann etwas passieren würde. Das hatte er ihr zuerst beigebracht!

Erneut ging ihr Blick umher. Hier drin war sie nun gefangen. Auf zehn mal zehn Schritten Platz. Doch sogar die leicht zu öffnende Tür hielt sie zurück. Nicht das Schloss war es, welches sie gefangen hielt, sondern die Angst und diese verdammte Kette um ihren Hals. Ohne die Zustimmung von Tiberius durfte sie das Haus nicht verlassen, er würde es erfahren und sie bestrafen, und wenn sie das Kastell verlassen wollte, so würden die Wachen sie sofort töten. Die Halskette, die nur mit Gewalt zu öffnen war, würde sie sofort als entlaufene Sklavin verraten und darauf stand der Tod als Strafe. Eigentlich gefiel ihr dieses Haus. Es war sauber und es lebten keine Tiere hier drin. Von ein paar Mäusen mal abgesehen.

Sie drehte sich zurück zum Feuer und rührte die Suppe um. Lange konnte es nicht mehr dauern, bis ihr Herr nach Hause kommen würde. Gedankenverloren strich sie sich die knielange blaue Tunika glatt, die von einem Gürtel um die Taille zusammen gehalten wurde. Wieder ging ihre Hand zu der Kette. Ihre Finger drehten den Anhänger. Er sah wie ein Schmuckstück aus und doch war es eher eine Besitzurkunde. Tiberius hatte seinen Namen auf ihren Körper geschrieben, genau so, wie er es mit dem Weinkrug in der Ecke gemacht hatte, den sie nun holen ging, um ihn mit Wein zu befüllen. Ihr Magen begann zu knurren, aber sie durfte erst nach Tiberius essen.

Wieder dachte sie an die ersten Tage hier zurück. Damals war Tiberius brutal und rücksichtslos gewesen. Das hatte sich zum Glück etwas geändert. Nun war er mitunter sogar zärtlich und strich ihr über das Haar. Immer weiter dachte sie an damals. Da hatte sie noch niemanden verstanden und alles war ihr fremd gewesen. Tiberius hatte sie in einem Raum geführt, in dem eine Sklavin auf einem Tisch festgebunden war. Ein Medicus führte eine blutige Beschneidung an den Genitalien der Frau durch und vernähte die Frau danach. Tiberia hatte mit Angst auf die vor Schmerzen schreiende Frau geschaut und die ganze Zeit geglaubt gehabt, sie sei die nächste, die dort auf dem Tisch landen würde. Doch es war nur eine Warnung von Tiberius gewesen, was ihr passieren konnte, wenn sie sich ihm verweigerte.

Erst später hatte sie erfahren, dass die Römer so verhindern wollten, dass ihre Sklavinnen schwanger werden. Doch es war eine ziemlich brutale Behandlung. Männliche Sklaven wurden manchmal sogar kastriert. Ob das alles mehr der Demütigung oder Einschüchterung der Sklaven dienen sollte, das konnte sie nicht sagen. Bei ihr jedenfalls war es so gewesen. Sie hatte schnell erkannt, dass sie hier nichts mehr zu erwarten hatte und nur bei totaler Unterwerfung ihr ein relativ schmerzfreies Leben beschieden war.

Die Tür öffnete sich und Tiberius trat in den Raum. Die Frau fuhr herum und verbeugte sich schnell vor ihm. Der Mann legte seinen Umhang ab, hängte ihn an einen Haken neben der Tür und setzte sich ohne ein Wort an den Tisch. Tiberia brachte ihm Wein, Brot und eine Schüssel Suppe. Danach wartete sie hinter ihm auf seine weiteren Wünsche. Nachdem der Mann satt war, trank er Wein am Tisch und schaute zu, wie Tiberia auf sein Zeichen schnell ihr Brot und die Suppe verschlang.

Später zeigte er einfach auf das Bett. Tiberia löste ihren Gürtel und zog sich die Tunika über den Kopf. So stand sie nackt vor dem Bett. Nicht ein Wort war bisher gewechselt worden und es blieb auch dabei. Bevor Tiberius einschlief, streichelte er ihr Haar und gab ihr sogar einen Kuss. Sie lag neben ihm und hörte seinem Schnarchen zu. Ein bisschen fühlte sie sich jetzt sogar als Frau. Geliebt und nicht so sehr als Sklavin und Dienerin. Fast liebevoll zog sie die Decke über seinen Körper, stieg aus dem Bett, nahm ihre Tunika und legte sich auf die Decke, die ihr Schlafplatz am Feuer war. Von dort schaute sie noch einmal zu ihm hinauf und dachte daran, dass er sich vielleicht auch durch sie so verändert hatte.

Am nächsten Morgen weckte die Sonne Tiberia. Schnell zog sie sich an und schürte wieder das Feuer. Mit einem Grunzen erwachte Tiberius und setzte sich in seinem Bett auf. Er sah zu ihr hinüber und ein Lächeln schien über sein Gesicht zu fliegen. Zumindest sah es für einen Moment für die Frau so aus. Wieder verbeugte sie sich vor ihm und stellte Brot und Wurst für ihn auf den Tisch. Nach dem Essen nahm Tiberius seine Sklavin mit in die Therme. Dort war sie gern, denn sie konnte sich dort mit anderen Frauen unterhalten und kam mal wieder aus dem Haus. Sonst war sie ja praktisch den ganzen Tag alleine.

Tiberius bezahlte für sie beide und im Vorraum legten sie ihre Sachen ab. Über dem Platz, an dem sie ihre Sachen ablegten, waren verschiedene bunte Fische abgebildet, damit jeder seine Sachen wiederfinden konnte. Die beiden verließen den Raum und betraten einen weiteren. Dort reinigten sie sich in dem dafür vorgesehenen Bereich. Es lief warmes Wasser in ein kleines Becken am Rande des Raumes. In dem Gemeinschaftsraum dahinter trennten sich die Wege von Herr und Sklavin.

Später saß Tiberia im warmen Wasser unter den anderen Frauen. Auch nackt konnte ein jeder an der Kette erkennen, dass sie eine Sklavin war. Aber für ein paar Stunden war ihr das egal. Sie genoss das warme Wasser.

14. Kapitel

Noch einmal kämpfen?

ofia war eine richtige Freundin für Borghilde geworden. Sie waren beide gleich alt, jedoch war Sofia eine Römerin aus gutem Hause. Aber trotz ihrer guten Herkunft hatte sie nicht viel zu sagen. Sie hatte ihren Mann mit zwölf Jahren geheiratet, so wie es in ihrer Familie Sitte gewesen war und nun hatte sie mit dem dritten Kind ihre Pflichten erfüllt. Die drei Kinder rannten im Innenhof des Hauses herum. Der älteste Sohn war zehn Jahre alt, der zweite sechs und das Mädchen drei. Einige Kinder waren auch bei der Geburt oder kurz danach gestorben, wie Sofia ihr erzählt hatte.

Durch die Geburt des Mädchens, als drittem Kind, war sie nun eigentlich nach römischem Recht auch in der Lage, ein eigenes Vermögen haben zu dürfen. Aber die beiden hatten sowieso nicht so viel, dass es weit reichen würde. Der Ludus brachte eigentlich mehr Arbeit als Vermögen ein und angesehen war diese Tätigkeit auch nicht gerade, wodurch Sofia in den Kreisen der feinen Damen der Gesellschaft nicht wirklich willkommen war. Umso mehr freute sie sich über die Gespräche mit Borghilde.

Mit der Freundin saß sie oft am Abend im Garten und hatte ihre Tochter auf dem Schoß. Da Carolus und Borghilde in dem Haus mit wohnen durften, traf sich das immer gut und die beiden Frauen verbrachten so die Tage gemeinsam, während die Männer im Ludus ihren Tätigkeiten nachgingen.

Bevor Carolus als Trainer tätig sein konnte, musste er erst einmal das Training durchlaufen. Ein alter, grauhaariger Mann mit vielen Narben war sein Trainer. Er scheuchte Carolus mehr über den

Übungsplatz, als die anderen Gladiatoren. Obwohl Carolus sich mit dem Kämpfen auskannte, war es schon wieder viele Jahre her, dass er das letzte Mal ein Schwert in der Hand gehabt hatte. Und diese Ausbildung war anstrengender, als alles, was er zuvor gemacht hatte. Zum Glück musste er in der Nacht nicht in den engen Zellen der Gladiatoren schlafen. Diese hatte er gesehen, als Spurius sie ihm gezeigt hatte. Feuchte Zellen, vier Schritt lang und fünf breit. Für einen oder zwei Gladiatoren, mit Gittern an den kleinen Fenstern. Schon bei dem Gedanken an diese Behausungen schüttelte es Carolus.

Jeden Morgen ging er mit dem Freund zu dem Trainingsgelände und danach musste er seine Übungen absolvieren. Mit Steinen, als Gewicht auf den Schultern, im Kreise am Rande der Arena laufen. Die Sonne aushalten und auf einer Geschicklichkeitsstrecke so schnell wie möglich über Hindernisse springen oder darum herumlaufen. Das alles unter den Augen der ständig anwesenden Zuschauer.

Von früh am Morgen bis zum Abend.

An manchen Tagen schaffte er es nicht mal mehr bis in sein Bett, sondern schlief beim Abendessen neben Borghilde ein. Die Schmerzen in den Armen und Beinen wurden mit der Zeit weniger und er bekam vom Training richtig starke Muskeln.

In den Pausen, wenn die anderen Gladiatoren ruhten, traf er sich mit seinem Ausbilder auf einer Bank am Rande der Arena. Der alte Mann war einst Gladiator gewesen, wie er Carolus in einer dieser Pausen erzählt hatte. Er hatte hundert siegreiche Kämpfe bestritten und war dann von seinem Ludus in Rom entlassen worden. Mit einer kleinen Summe Geld, dem hölzernen Schwert, das Rudis genannt wurde und sein Zeichen für die errungene Freiheit war, und damit als freier Mann, war er hier nach Pompeji gekommen. Als das Geld dann alle gewesen war, hatte er versucht noch einmal hier als Gladiator in der Arena zu kämpfen, dabei zeigte er in die Richtung, in der sich die Arena befand. Dabei war er aber in seinem Kampf fast gestorben. Er hatte zwar gewonnen, doch er zeigte die lange Narbe über seiner Brust. Nachdem die Wunde wieder verheilt war, hatte er das Glück gehabt, hier als Trainer, als Lanista, zu leben, doch nun ließen seine Kräfte langsam nach. Er war schon über sechzig, doch das sah man seiner Statur nicht an. Immer noch war er kräftig und seine Muskeln konnten sich durchaus noch sehen lassen. Nur das graue Haar verriet sein Alter.

Monatelang übte Carolus mit den Gladiatoren mit, er musste auch jede der Gladiatorengattung kennen und so wie sie kämpfen können. Da hatte er es schwerere, als die anderen Männer. Die mussten nur immer in einer Art üben und kämpfen. Die meisten waren Sklaven, aber es gab auch zwei freie Männer, die als Gladiatoren kämpften. Diese wurden zwar besser behandelt, wie die Sklaven, aber sie mussten dasselbe schwere Training durchlaufen. Es diente ja schließlich auch ihrem Überleben in der Arena und deshalb taten sie es gern. Neben dem Training wurden auch Kämpfe geübt. Zuerst musste man gegen einen eingegrabenen Stamm kämpfen, dabei wurde Schlag und Abwehr geübt. Später wurden dann Zweikämpfe zum täglichen Übungsprogramm hinzugenommen.

Die Holzschwerter waren sehr viel schwerer, als die, mit denen Carolus früher in der Legion geübt hatte. Das hatte aber auch den Grund, dass man dadurch stärker wurde und danach mit dem richtigen Schwert in der Arena viel kräftiger zuschlagen konnte. Auch die Ausdauer bei einem Kampf war wichtig, daher trainierten die Männer in der Hitze des Sommers.

So ging der ganze Sommer des Jahres in das Land und bisher war auch noch kein Kampf gewesen. Wenn nicht gerade irgendwo ein Fest war, so waren die Gladiatorenkämpfe meist im Dezember. Darauf trainierten die Kämpfer das ganze Jahr über hin.

Oft saßen Borghilde und Sofia auch im Ludus und schauten ihren Männern zu. In den weißen Gewändern saßen sie in der ersten Reihe direkt über dem Eingang. Über den Zuschauerplätzen waren an den besonders heißen Tagen Tücher aufgehängt, die den darunter sitzenden Personen ein wenig Schatten spendeten. Die Gladiatoren konnten sich da nur in den nach vorn offenen Bereich der Säulenhalle vor ihren Zellen zurückziehen, um etwas Schatten zu erhalten. Auch die Mahlzeit nahmen sie dort ein. Es gab mehrmals am Tag Bohnensuppe und Brot, damit die Kämpfer bei Kräften blieben.

Nach den Übungskämpfen wurden die Männer durch einen geschulten Sklaven massiert, auch das passierte unter einem der Säulenbögen am Rande der Arena. So sollten Zerrungen und Verletzungen vorgebeugt werden. Auch die medizinische Betreuung der Männer war hervorragend. Ein besonders guter Medicus konnte ihnen bei kleinen Verletzungen helfen und bei den Kämpfen in der Arena würde er sicher auch größere Wunden versorgen können.

15. Kapitel

Ein schwerer Verlust

Mittlerweile war Borghilde 26 Jahre alt und erst jetzt hatte es mit einer Schwangerschaft geklappt. Zusammen mit ihrem Mann freute sie sich natürlich auf ihr Kind. Bisher hatte sie immer die mitleidigen Blicke der anderen Frauen in ihrem Rücken gespürt. So alt, noch kein Kind und auch noch hinkend. Schlimmer konnte es gar nicht sein! Bei den Römern waren das schon zwei Makel zu viel, die eigentlich zum Ausschluss aus der Gesellschaft führen mussten. Zum Glück dachte Sofia nicht so. Sie war eine sehr gute Freundin und Borghilde spielte oft mit den Kindern der anderen Frau.

Über den Sommer hinweg hatte sich ihr Bauch langsam nach vorn gewölbt und oft hatte sie einfach im Ludus gesessen. Die Hände schützend vor dem Körper verschränkt, schaute sie auf ihren Mann hinunter, der unter ihr seine Übungen absolvierte. Abends saß sie dann auch weiterhin mit Sofia im Garten und träumte schon von der Zeit mit ihrem Kind.

Schließlich wurde es Herbst, aber in dieser Gegend war der Herbst anders, als in ihrer nördlichen Heimat. Auch im Winter wurde es hier nicht so kalt. Höchstens ein paar Stürme konnte es geben, aber sie lebte ja nun in der Villa und nicht mehr in dem zugigen Bootshaus. Da wäre es jetzt sicher ungemütlicher und die Fischer würden den Platz in ein paar Wochen brauchen, da sie ihre Boote in dieser Zeit in die Gewölbe ziehen würden. Der Winter war hier die Zeit, in der diese kleinen Schiffe überholt und gewartet werden mussten.

An einem Tag stolperte Borghilde, als sie die Treppe im Ludus herunterging, dabei stürzte sie und fiel zu Boden. Im nächsten Moment wusste sie, dass etwas passiert war. Sofia rief schnell den Medicus aus der Arena, doch der stellte nur fest, dass die Frau gerade ihr Kind verlor. Die Blutungen dauerten eine ganze Weile, bevor sie zum Stehen kamen. Borghilde war daraufhin tieftraurig. Langsam ging sie auf Sofia und Carolus gestützt nach Hause.

In dem Zimmer konnte sie die Tränen nicht mehr zurückhalten. Ihr Mann und ihre Freundin versuchten sie zu trösten, doch das war nicht so einfach. Zu sehr hatte sie sich auf das Kind gefreut und im Hause waren noch die drei Kinder, die sie nun immer an ihren Verlust erinnern würden.

Ein paar Tage brauchte sie, um die Trauer überhaupt erst einmal zu begreifen und damit beginnen zu können, sie zu verarbeiten. Eine schwere Aufgabe, die dadurch noch Schlimmer wurde, dass das Tuscheln bei jedem ihrer Schritte außerhalb des Hauses hinter ihr zu hören war. Schnell war ihr Unglück bekannt geworden und jeder schien es zu wissen. Borghilde zog sich daraufhin eine Weile in ihr Zimmer zurück und wann immer möglich blieb sie einfach im Bett.

Sofia half ihr über die ersten, schweren Wochen und der Medicus schaute fast täglich nach der Frau. Nach seiner Meinung war aber eine erneute Schwangerschaft durchaus möglich und damit schöpfte die Frau auch wieder Hoffnung. Nur langsam konnte sie den schweren Verlust überwinden. Schließlich traute sich Borghilde nach ein paar Wochen dann wieder zu Sofias Kindern und auch aus dem Haus.

Doch je älter die Frau wurde, umso schwerer würde es wohl sein, ein Kind zu bekommen. Carolus versuchte besonders verständnisvoll und zärtlich mit seiner Frau umzugehen. Für die Römer wäre das bestimmt eine größere Schande. Behindert und dann auch noch kinderlos! Sie hatte aber das Glück, eben nicht einen Römer zum Mann zu haben. Carolus war immer noch der Tradition seiner nordische Vorfahren verhaftet und das, wo Claudius doch schon mehr als zwanzig Jahre hier bei den Römern lebte.

Am Ende des Herbstes wurden die Gladiatoren immer aufgeregter. Im Dezember sollten die Kämpfe wieder beginnen und Carolus hoffte, dass er ein guter Lehrer und Trainer sein würde. Er hatte nun von dem alten Lanista das Amt übernommen, natürlich half ihm der alte Trainer auch weiterhin. Der alte Mann saß auf einer Bank im Schatten des Säulenganges und seinen wachen Augen entging nichts von dem, was die Gladiatoren machten. Er brauchte nur in eine Richtung zeigen und schon wusste Carolus, was der alte Mann meinte.

Auch weiterhin erzählte der Mann in den Pausen von seinen vielen Kämpfen und die Gladiatoren hörten ihm aufmerksam zu. Sicher konnten sie aus dem Wissen des alten Mannes noch viel für ihren nächsten Kampf heraus nehmen. Er hatte einhundert Kämpfe bestritten und davon 84 gewonnen. Zwölf waren unentschieden ausgegangen und bei den restlichen Kämpfen hatte ihn das Publikum begnadigt, da er so gut gekämpft hatte und zu der Zeit auch schon ein bekannter Kämpfer gewesen war. Solch einen Mann ließ das Publikum selten sterben, denn er versprach ja beim nächsten Mal wieder einen spannenden Kampf abzuliefern. Die meisten Gladiatoren starben schon bei ihrem ersten Kampf in der Arena. Wer erst mal zehn Kämpfe überlebt hatte, der wusste, wie er sich bewegen und kämpfen musste und der überlebte meist den Kampf.

Daher war die Erfahrung des Mannes so wertvoll für die jungen Kämpfer. Viele würden in diesem Jahr ihren ersten Kampf absolvieren und nur mit viel Glück konnten sie hoffen, diesen zu überleben. Noch bevor es aber so weit war, schloss der alte Mann friedlich seine Augen. Er starb in der Arena, so wie er gelebt hatte. Auch wenn er dort nicht mit der Rüstung und dem Schwert stand, sondern friedlich auf der Bank am Rande eingeschlafen war. Dies war für Carolus ebenfalls ein schmerzlicher Verlust. Er hatte gehofft, noch lange von der Erfahrung des Mannes zu profitieren.

Alle Gladiatoren und auch Spurius legten zusammen und bezahlten damit einen Grabstein, auf dem sie den alten Mann in seiner Rüstung und mit den von ihm geschilderten Kämpfen abbildeten. Auch die Sklaven durften an dem Tag der Beerdigung den Ludus verlassen und es wurde kein Training abgehalten. Nicht nur die Kämpfer standen an seinem Grab, auch viele Zuschauer waren zugegen und manch einer legte einen Ölzweig als Zeichen des Sieges auf das Grab des alten Mannes.

Nun musste Carolus zeigen, was er bei dem Manne gelernt hatte und er machte seine Sache offensichtlich gut, denn Spurius lobt ihn oft. Dabei saß auch Borghilde wieder oben auf dem Sitzplatz, nur die Treppe, auf der sie ihr Kind verloren hatte, mied sie. Lieber nahm sie einen längeren Umweg in Kauf, als über die verfluchte Stelle zu steigen. Aber sie war mächtig stolz über die Erfolge ihres Mannes.

16. Kapitel

Schmerzen und Schande

Langsam ging es auf den Winter zu und die Nächte wurden wieder kälter. Tiberia durfte nun auch am Tage die Hütte verlassen, um auf dem Markt einzukaufen oder Holz in die Hütte zu hohlen. Das Holz wurde ihr von einem anderen Sklaven gebracht. Dieser Mann war Therome, ein dunkelhäutiger Nubier, der mit der Kälte hier im Norden nicht zurechtkam und dennoch hier sein musste. Mitunter hatte er drei Umhänge umgeworfen und zitterte trotzdem vor Kälte. Irgendwie tat er ihr Leid, doch sie durfte ihn nicht in die Hütte lassen, damit er sich für einen Augenblick am Feuer aufwärmen konnte. Tiberius hatte es streng verboten und er würde sicher keinen Augenblick zögern, ihr mit der Peitsche die Strafe für die Übertretung seiner Gebote auf den Rücken zu schreiben.

Obwohl er sich seit einiger Zeit ihr gegen über etwas weniger brutal benahm wie früher, war er immer noch ihr Herr. Daran würde sich auch sicher nicht so schnell etwas ändern. Sie hatte von einem anderen Sklaven gehört, dass manche Herren ihre Sklaven nach zwanzig Jahren treuer Dienste freigaben. Einige Sklaven durften auch, mit Zustimmung ihrer Herren, etwas Geld verdienen und sich danach freikaufen, wenn sie hundert Denare zusammengespart hatten. In ihren Augen war das ein schier unglaublicher Reichtum. Tiberius würde das sicher anders sehen, er erhielt ja für jeden seiner „erbeuteten" Sklaven fast diese Summe ausgezahlt. Für besonders schöne Sklavinnen lag der Preis auch mal deutlich darüber. Doch so schön war Tiberia offensichtlich nicht, denn sonst hätte er sie, ihrer Meinung nach, nicht behalten, sondern ebenfalls verkauft. Mit diesen Gedanken sah sie sich in dem kleinen, runden Spiegel an, den er ihr einmal geschenkt hatte.

Sie war nicht besonders groß und ihre Haare waren auch nicht ganz so blond. Eher braun und die Hüften waren etwas breiter. Was bei ihrem Stamm als besonders schön galt, das war bei den Römern nicht ganz so begehrt. Hier galten die schlanken, großen Frauen mit einer Haarfarbe wie getrocknetes Stroh als besonders begehrenswert und wertvoll. Solch eine Frau konnte das Zehnfache einer anderen Sklavin kosten. Mit Spiegel und Kamm richtete sie ihre Haare und flocht sich einen Zopf. Lieber hätte sie die Haare offen getragen, doch Tiberius gefiel dieser Zopf besser und daher versuchte sie diesem Wunsch zu entsprechen.

Vorsichtig legte sie den Spiegel zur Seite und sah durch das Fenster hinaus auf den Platz vor der Hütte. Immer wieder liefen Legionäre auf der Straße hin und her. Es waren Männer aus allen Teilen der römischen Reiches, die hier im Norden dienten. Die wenigsten davon waren diese Kälte und den Nebel gewohnt. Selbst im Sommer war es hier für sie ungemütlich, doch nun kündigte sich schon langsam der Winter an.

Für den Abend hatte ihr Tiberius mitgeteilt, dass er Gäste mitbringen würde, und für sie bedeutete dies, dass sie die ganzen Vorbereitungen für das Festmahl durchführen musste. Viel schlimmer für sie war aber, dass Tiberius sie dabei oft seinen Gästen für ein oder zwei Stunden überließ und sie danach diesen Männern zu Diensten sein musste, wobei ihr alle zuschauten. Selten gingen die Männer zärtlich mit ihr um, nur die schnelle Befriedigung zählte dabei. Nackt lag sie dann auf dem Bett und alle konnten sie sehen. Dafür schämte sie sich ein bisschen. Doch dann dachte sie manchmal dabei an die Eltern, die ja dasselbe in der heimatlichen Hütte gemacht hatten, nur wenige Schritte von ihr entfernt. Mit zusammengebissenen Zähnen ließ Tiberia dann einfach geschehen, was geschehen sollte. Eine Weigerung hätte ja auch nur wieder die Peitsche bedeutet.

70

In Gedanken versunken sah sie zu dem Bett hinüber. Nur Momente später roch es komisch und sie fuhr herum. Erschrocken stürzte sie die drei Schritte zum Feuer und goss Wasser in den Topf. Gerade noch rechtzeitig hatte sie das Fleisch gerettet. Nun musste sie nur noch den Geruch nach angebrannten Fleisch aus der Hütte bekommen. Schnell riss sie Fenster und Tür auf und der dadurch entstandene Sog zog den Geruch nach draußen. Gleichzeitig wurde es damit aber auch wieder kalt in der Hütte. Die junge Sklavin hätte sich für ihre Unvorsichtigkeit selbst Ohrfeigen können und konnte nur hoffen, dass es Tiberius nicht tat.

Vor der Hütte stand Therome und schaute zu der wild hin und herlaufenden Frau herein. Gerade als Tiberia die Fenster schloss, trat er auf die Schwelle des Hauses und hatte einen Bund mit Holz in der Hand. Die Frau zuckte zusammen und noch bevor sie ihn hinauswerfen konnte, stand Tiberius hinter ihm. Mit zornig blitzenden Augen musterte der Mann den Sklaven. Vor Schreck kniete sich Tiberia vor ihren Herren, doch noch bevor sie etwas sagen konnte, hatte dieser den Sklaven mit Fußtritten aus der Hütte geworfen und die Tür hinter sich zugeschlagen.

Nur die baldige Ankunft der Gäste bewahrte Tiberia für diesen Moment vor der Peitsche, doch sie sah jetzt schon Angstvoll zur Seite, wo an einem Haken die gedrehten Lederriemen hingen. Noch während sie kniete, trafen die ersten Männer ein. So schnell sie konnte begann sie die Gäste zu bedienen. Dabei betete sie zu ihren Göttern, dass sie nicht noch einen Fehler begehen würde, denn sonst wäre ihr Leben sicher verwirkt. Immer wenn sie Tiberius bewirtete, sah sie in seinen Augen, dass die Wut immer noch in ihm kochte.

Fünf Männer saßen in der Hütte und leerten einen Krug nach dem anderen. Immer wenn Tiberia einen neuen Krug holte, musste sie an der Peitsche vorbei und immer noch hoffte sie inständig, dass ihr diese an diesem Abend erspart blieb.

Doch dieses Glück war ihr nicht beschieden.

Als sie schließlich noch stolperte und einen Krug fallen ließ, war für Tiberius das Maß voll. Er zerriss ihr die Tunika und band sie mit hocherhobenen Händen an einen der Stützpfeiler des Hauses. Mit einem Surren traf die Peitsche ihren nackten Rücken. Der Schmerz durchzuckte sie. Tränen stiegen in ihren Augen hoch, doch mehr ärgerte sie sich für ihr Fehlverhalten, als das es der Schmerz war.

Unter dem Gejohle der Männer am Tisch traf die Peitsche immer wieder ihren Rücken. Nach fünf Schlägen ließ Tiberius von ihr ab und ging wieder zum Tisch zurück. Dort trank er mit seinen Gästen weiter, während Tiberia immer noch an dem Balken hing und das Blut über ihren Rücken laufen spürte. So stand sie auch noch, als die Männer sich schließlich verabschiedeten und gingen.

Dann war nur noch Tiberius da. Sie hörte, wie er sich hinter ihr auf einen der Stühle setzte und vermutlich zu ihr sah. Der Schmerz der Wunden hatte nachgelassen und nur noch der Ärger über ihre eigene Unachtsamkeit war zurückgeblieben. Tiberia hörte ihn hinter sich atmen. Nach einer Weile spürte sie, wie er hinter sie trat und ihr Haar streichelte. Sein Zorn war durch die Schläge verschwunden. Tiberius trug ihr sogar eine schmerzlindernde Salbe auf, danach machte er sie los. Die Sklavin fuhr herum, raffte die Tunika hoch und sah ihm fast bittend in die Augen, doch da war kein Zorn mehr. Fast liebevoll strich er ihr über die Wange und wischte ihr die Tränen ab. Was war hier los?

17. Kapitel

Wandel der Gefühle

ie Striemen waren verheilt, sie taten nur noch weh, wenn sie sich etwas ungeschickt bewegte. Vor der Hütte lag nun schon der Schnee bis zur Unterkante der Fenster. Einige Legionäre waren immer dafür abgestellt, um mit einigen Sklaven die Wege zwischen den Hütten einigermaßen Schneefrei zu halten. Meist kamen die Sklaven besser mit der Kälte zurecht, als die überwiegend aus dem Süden kommenden Legionäre. Nun saß Tiberia am Fenster und schaute nach draußen. Fenster hatte sie erst hier kennengelernt. Ihre elterliche Hütte hatte kein Fenster gehabt, nur eine Öffnung unter dem Dach, aus welcher der Rauch des Feuers nach oben abziehen konnte.

Zu dieser Zeit im Jahr hatten sie immer Fleisch von den im Herbst geschlachteten Tieren dorthin gehangen und das Feuer des Winters räucherte das Fleisch. Die Römer hatten nicht so viel Fleisch auf ihrem Tisch. Zwar war auch in ihrer Hütte im Wald das Fleisch etwas ganz besonderes gewesen, doch hier war es noch viel seltener, dass Fleisch auf den Tisch kam. Dafür musste man auch im tiefsten Winter nicht hungern. Dass hatte sie im letzten Winter gesehen. Die Versorgung der Legionäre mit Korn und Wein war hier immer gesichert gewesen.

Immer noch saß sie am Fenster und schaute nach draußen, hier drin war es gemütlich warm und draußen sicher ganz schön kalt. Sie stand auf und wollte zum Feuer gehen, um etwas Holz nachzulegen, als die Türe der Hütte aufgerissen wurde und ein fremder Legionär in den Raum trat. Er stand direkt vor Tiberia und bevor sie etwas sagen konnte, hatte er ihr die Tunika zerrissen und sie nackt quer durch den Raum geschleudert. Sie fiel hin und prallte mit dem Hinterkopf gegen den Rand des Bettes. Der Mann stürzte sich auf sie und sosehr sie auch mit den Füßen strampelte oder mit den Händen schlug, der Mann war einfach stärker, als die Frau. Mit Gewalt drückte er ihr die Knie auseinander und zwängte sich in ihren Schoß. Die wehrlose Sklavin schrie vor Schmerzen auf, als er begann sich an ihr zu vergehen und kurz darauf wurde der brutale Mann von ihr heruntergerissen. Tiberius war eher nach Hause gekommen und hielt den Mann am Kragen gepackt. Die Spitze seines Schwertes zeigte bedrohlich auf die Kehle des Mannes.

„Sie ist doch nur eine Sklavin", rief der Mann und zeigte auf die Kette an Tiberias Hals. „Ja, aber sie ist meine Sklavin", schrie Tiberius zurück und zerrte den Mann aus der Hütte. Die Tür fiel zu und Tiberia setzte sich auf. Sie angelte die zerrissene Tunika mit dem Fuß zu sich und hielt das Stück zerfetzten Stoff vor sich, um ihre Blöße zu bedecken. Dabei begannen ihr die Tränen herunterzulaufen. Der Mann hatte recht gehabt, sie war nur eine Sklavin, nur eine Sache, keine Person. Nach römischen Recht war das, was er gemacht hatte, nur eine Sachbeschädigung.

Die Frau saß immer noch zitternd mit zusammengepressten Knien in der Hütte, als Tiberius später wieder zurückkam. Er half ihr auf und drückte sie tröstend an sich. Liebevoll strich er ihr über das Haar und sie konnte das Schluchzen nur schwer unterdrücken. Dann drückte er ihr zehn Denare in die Hand. Sicher war es die Strafe des anderen Mannes gewesen. Tiberia schaute auf die glänzenden Münzen in ihrer Hand. Das war eine unvorstellbar große Summe für sie und sicher hatte Tiberius noch etwas drauf gelegt. Das entsprach einem halben Monatssold eines einfachen Legionärs!

Sie betrachtete weiter die klimpernden Münzen in ihrer Hand und hätte sie am liebsten fallen lassen. Doch das hätte Tiberius sicher nur erzürnt, also legte sie diese vorsichtig auf den Tisch.

Der Mann hob die Frau auf seine Arme und trug sie zum Bett hinüber, wo er sie ablegte und mit der Decke zudeckte, dann setzte er sich an den Tisch und sah zu, wie sie langsam einschlief. Noch lange betrachtete er die schlafende Frau, bevor er sich selbst zur Ruhe begab.

Der nächste Morgen weckte Tiberia im Bett. Sie schreckte hoch und fasste sich an den Kopf. An der Stelle, an der sie das Bett berührt hatte, hatte sich eine kleine schmerzende Beule gebildet. Danach sah sie sich um und bemerkte Tiberius auf der Decke vor dem Feuer, welche eigentlich immer ihr Schlafplatz gewesen war. Schnell zog sie sich eine neue Tunika an und versuchte das Feuer anzufachen, was nicht so einfach war, da Tiberius davor schlief und sie es vermeiden wollte, ihn zu wecken.

Schließlich erwachte er doch und sah zu ihr hinauf. Tiberia zucke kurz zurück und half ihren Herren dann auf. Nach dem Essen zog er sie nach draußen vor die Hütte und immer weiter hinter sich her, bis sie an der Schmiede des Kastells angekommen waren. „Knie dich hin", sagte Tiberius und zeigte vor den Amboss. Die Frau machte, was er sagte, denn einen Widerspruch konnte sie sich nicht erlauben. Der Schmied nahm den Hammer und mit einem Schlag durchtrennte er die Kette hinter ihr.

Staunend hielt Tiberia die offene Kette in der Hand und schaute Tiberius an. Dieser zog sie an den Schultern nach oben und fragte „Nun bist du frei. Willst du meine Frau werden?" Für einen Moment konnte sie nichts sagen. Zuerst die Freiheit und nun diese Frage? Sie nickte nur und die Tränen stiegen ihr wieder auf. Schließlich sagte sie „Ja." Noch am selben Tag wurden sie vom Kastellkommandanten im Fahnenheiligtum getraut und als sie die Hütte wieder betrat, war sie keine Sklavin mehr, als die sie diese zuvor verlassen hatte.

Von nun an würde sie eine Person sein und keine Sache mehr. Auch wenn ihr das als Frau nicht viel mehr Rechte einbringen würde, so fühlte es sich dennoch anders an. An diesem Abend gab sie sich ihm das erste Mal freiwillig hin und sie genoss seine Zärtlichkeiten und Streicheleinheiten. Als sie später aus alter Gewohnheit auf ihren Platz gehen wollte, da zog er sie zurück in das Bett. Zusammen und aneinander gekuschelt schliefen sie dort ein.

Er war nun ganz anders. Abends erzählte er ihr nun lange von seiner Heimat weit im Süden. Von dem blauen Meer und der weißen Stadt. Das Verhältnis zwischen ihnen änderte sich zusehends. Zwar war er immer noch durch und durch Römer und ging auch entsprechend genauso mit seiner Frau um, doch sie fühlte sich nun wirklich geliebt.

Von den zehn Denaren hatte sie sich eine schöne Tunika und eine silberne Spange gekauft. Den Rest der Münzen verwahrte sie gut, von Zeit zu Zeit gab es im Kastell auf dem Markt auch duftende Öle und die wollte sie sich beim nächsten Mal davon kaufen.

18. Kapitel

Ein Treffen unter Freunden

Es war Frühjahr geworden und nur fünf seiner zehn Gladiatoren hatten den blutigen Dezember überlebt. Er hatte fünf neue Männer, die nun auch erst wieder drei Jahre brauchen würden, bis sie soweit sein konnten, dass auch sie in die Arena durften oder mussten. Nun folgten noch einmal Anfang März ein paar Tage mit Kämpfen, doch daran würde Carolus seine Kämpfer nicht teilnehmen lassen. Seine erfahrenen Kämpfer waren noch geschwächt und die Neuen hatten noch keine Ahnung, was dort auf sie zukam. An diesen Spielen würden dann die Kämpfer von Spurius antreten. Er hatte noch ein paar erfahrene Gladiatoren, von denen er hoffte, dass sie die Gladiatur siegreich bestreiten würden. Schließlich wollte er ja auch nicht alle verlieren und auch ihm war es lieber, an den Spielen mal nicht teilzunehmen, anstatt alle Männer sinnlos zu opfern.

Carolus musste nun erst einmal ein geteiltes Training ansetzen. Die Neuen liefen mit Gewichten um ihn herum und die Alten kämpften locker gegen die Pfähle, die in der Mitte des Übungsplatzes eingegraben waren. In beide Richtungen konnte Carolus aber nicht sehen und er vermutete, dass die Läufer hinter seinem Rücken deutlich langsamer waren, als die vor ihm. Wie konnte er das nur prüfen? Borghilde fiel ihr kleiner Handspiegel ein, mit dem Carolus nun auch hinter sich sehen konnte.

Bei diesen Kämpfen und Übungen waren auch nicht so viele Zuschauer anwesend. Zum einen fehlten noch die Urlauber aus Rom und zum anderen war es nicht so spannend zuzusehen, wie ein Gladiator gegen einen Baumstamm schlug oder im Kreise lief.

Meist saß Borghilde auf ihrem Platz in der Mitte der Längsseite und schaute vor allem ihren Mann zu. Sonst konnte sie ihn ja fast nicht sehen. Früh am Morgen war er schon auf dem Platz und er blieb dort, bis es dunkel wurde.

Zum selben Zeitpunkt saßen Tiberia und ihr Mann in der Hütte an der Grenze zum Land der Markomannen. Den ganzen Winter hatte Tiberius von seiner warmen Heimat im Süden erzählt. Von den großen Fischen, dem weiten Meer und der weißen Stadt. Nun wollte sie das auch einmal sehen, aber bis zu seiner Entlassung würde der Mann noch ein paar Jahre brauchen. Daher überlegten sie gemeinsam, wie sie die Stadt dennoch besuchen konnten, bis Tiberius einfiel, um ein paar Monate Urlaub zu bitten.

Schon am nächsten Tag war der Urlaub genehmigt und sie brachen nach ein paar weiteren Tagen auf. Tiberius hatte die Rüstung abgelegt und trug nur den Dolch und das Schwert an einem extra für ihn angefertigten Silbergürtel. Der Mann hatte zwei Pferde gekauft und hatte Tiberia beim Aufsteigen geholfen. Den ersten Tag ritt die Frau etwas vorsichtiger. Schließlich hatte sie noch nie auf einem Pferd gesessen, doch Tiberius hatte ihr eine gutmütige Stute gekauft. Er selber ritt einen Hengst, der viel schwerer zu handhaben war, aber Tiberius hatte ja schon Erfahrungen.

So ritten sie nach Süden und konnten in der kleinen Schänken abseits des Weges übernachten. Schnell kamen sie vorwärts und schon bald überquerten sie einen Gebirgszug, auf dessen Spitzen immer noch Schnee lag. Von da aus folgten sie den Weg weiter in die Ebene.

Als der Sommer am wärmsten war, erreichten sie endlich Rom. Hier verkauften sie die Pferde und blieben ein paar Wochen in der Hauptstadt des Reiches.

Tiberia hatte zwar schon einige Städte auf ihrer Reise gesehen, aber diese Stadt hier übertraf alles, was sie zuvor gesehen, oder von Rom erwartet hatte. Wenn die andere Stadt, in der Tiberius geboren war, noch einmal schöner war, so wäre das sicherlich unmöglich. Vielleicht war ja aber auch Pompeji schöner für ihren Mann, weil er dort geboren und aufgewachsen war. Aber Rom, mit seinen weißen Villen, den Hügeln rund herum und den vielen öffentlichen Gebäuden, überwältigte sie fast. Sie besuchten das Forum, die Thermen und die Arena, obwohl sie dort mehr die wilden Tiere des Vormittages interessieren und nicht so sehr die Kämpfe der Gladiatoren am Nachmittag. Im Moment, so mitten im Sommer, waren die Gladiatorenkämpfe eher selten und sicherlich auch deshalb konnte Tiberius Karten für die Arena bekommen. In den Zeiten der Kämpfe war das eher ein Glücksspiel, in diese Arena zu gelangen, obwohl es viele Plätze gab.

Als sie wieder aus Rom aufbrechen wollten, ging Tiberius nicht zu einem Pferdehändler, sondern er verließ mit seiner Frau die Stadt und folgte dem Weg nach Ostia, dem Hafen Roms. „Meine Stadt musst du von See aus sehen", sagte er und trug Tiberia an Bord eines kleinen Segelschiffes. Auch das war wieder eine neue Erfahrung für die junge Frau. Zuerst die Pferde, dann Rom und nun auch noch ein Schiff auf dem Wasser. Es war ein eher kleines Schiff mit nur einem Mast in der Mitte. Vermutlich fuhr es als Transportschiff immer zwischen Ostia und Pompeji hin und her. Es wurden noch einige Kisten und Säcke verladen und ein paar Sklaven verstauten diese Waren unter dem Deck.

Am nächsten Morgen fuhren sie ab und blieben immer nur in der Nähe des Ufers. Tiberia kam die Reise unendlich lange vor. Sie war fast vom ersten Augenblick des Ablegens seekrank und hing die ganze Zeit mit dem Kopf über der Bordwand.

Nach unendlichen Tagen waren sie da und die Frau war überglücklich, wieder von Bord zu kommen. Für den Hafen und die Stadt hatte sie im Moment keinen Blick. Tiberius stand neben ihr und versuchte ihr einige Dinge zu erklären, sie nickte nur und wartete darauf, dass das Boot endlich am Steg festmachte. Viele Schiffe lagen dort im Hafen und es herrschte eine Eile beim Ver- und Entladen von Waren. Mit einem Satz war sie endlich wieder auf festem Boden. Nun sah sie sich dort um.

In all dem Gewimmel mussten sie sich erst mal zurechtfinden, doch Tiberius kannte sich aus und führte seine Frau zielsicher aus dem Hafen heraus. Erst an Land bewunderte sie die Gebäude und die Pracht. Auch wenn es schon auf den Herbst zuging, war es hier immer noch so heiß, dass die Frau es in der Sonne kaum aushalten konnte. Wann immer möglich blieb Tiberia auf dem Weg im Schatten. Tage der Entspannung begannen.

Am Schönsten war es, in den Thermen zu liegen und dabei auszuspannen. An guten Tagen blieb sie einen ganzen Tag dort drin. Nach ein paar weiteren Tagen besuchten sie auch den Ludus der Stadt. Hier war zwar nicht viel los, doch Tiberius wollte ihn unbedingt sehen. Sie setzten sich auf eine der Reihen und schauten den Kämpfern zu, die in der heißen Sonne üben mussten. Über ihnen war zum Glück ein Sonnensegel, als Schutz vor der Hitze, gezogen. Es waren noch ein paar andere Menschen hier. Eine Frau im weißen Gewand saß direkt vor ihnen.

Als sie sich umdrehte, erkannte Borghilde den ehemaligen Gefährten ihres Mannes. Dieser traf dann am Ausgang des Ludus auf den Freund aus früheren Tagen. Aller Streit war lange vergessen und die beiden Freunde umarmten sich.

19. Kapitel

So ein Betrug!?

purius, Carolus und Tiberius standen in einer der kleinen Tavernen in der Nähe des Forums. Ihre Frauen saßen sicher in der Villa zusammen im Garten. Seit einer Woche lebten nun auch Tiberius und seine Frau mit in der kleinen Villa. Auch sie hatten ein Gästezimmer bekommen, doch nun wurde es langsam eng in dem Haus. Die drei Männer ließen sich an einem Tisch in der Ecke nieder und tranken einheimischen Wein aus Steinkrügen. Trotz der frühen Tageszeit waren außer ihnen schon einige Männer hier in dieser Schänke eingetroffen. Carolus ließ seinen Blick über die Tische gehen. Es war ein heller, gemauerter Raum mit weißen Wänden. Eine Seite war offen und ging zum Forum hinaus. Am Aufgang zur oberen Etage lehnte eine junge, rothaarige, barbusige Frau, von der jeder Besucher wusste, welchem Gewerbe sie nachging. Im Laufe des Nachmittags verschwand sie mehrmals mit verschiedenen Männern nach oben, um etwas später wieder unten zu sein.

Auch Tiberius verschwand mit ihr die Treppe hoch und empfahl dann später seinen beiden Freunden mit derben Worten die Vorzüge der jungen Frau. Spurius ließ sich dadurch auch dazu überreden, nur Carolus lehnte ab. Überall in den Tavernen gab es diese Frauen. An den Häusern waren aber auch Symbole angebracht, die zum nächsten offiziellen Bordell zeigten. Es waren kleine Phallussymbole und Mann musste nur darauf achten, wohin die Spitze zeigte. Allerdings konnte man eben auch in den meisten Tavernen zur Erleichterung kommen. Dort waren die Frauen vom Wirt engagiert worden, um die Gäste bei Laune zu halten. Es musste hunderte von Dirnen hier in dieser Stadt geben.

An manchen Häusern waren auch Bilder mit den Praktiken der Dirnen abgebildet. So wusste jeder, was er zu erwarten hatte. Auch die Preise standen meist darunter, aber normalerweise reichten zwei Asse als Lohn. Nur bei ganz ausgefallenen Tätigkeiten war es teurer. Für Carolus war das, was seine Freunde so selbstverständlich taten, Ehebruch. Aber auch dabei hatten die Römer so ihre ganz eigene Ansicht. Der Ehebruch eines Mannes war nicht schlimm, wenn Carolus seine Freunde jetzt so hörte, war es schon fast ein Angeben damit, was sie mit der kleinen Frau so gemacht hatten.

Der Ehebruch einer Frau wurde hingegen mit Verbannung oder sogar dem Tode bestraft. Zweierlei Maß für dieselbe Sache, aber so waren die Römer eben. In seinem Stamm wäre beides undenkbar gewesen. Der Ehebruch wurde bei Mann und Frau gleich mit Verbannung aus dem Stamm bestraft und bei ihnen gab es auch kein unterschiedliches Recht. Praktisch war jeder Stammesangehörige gleich und wurde auch gleich behandelt.

Zufrieden und glücklich verließen die drei Männer schließlich die Taverne. Auf dem Heimweg zu Villa fragte Tiberius „Ich habe hier überall Quintus gesucht. Wisst ihr, wo ich ihn finden kann?" Carolus nickte und erzählte von seiner damaligen Suche nach dem Freund und der Arbeit bei ihm, aber er verschwieg den Schiffbruch des Mannes. Am nächsten Tag wollte Tiberius den Freund besuchen und Carolus wollte ihn dorthin begleiten. In der Villa schlossen sich dann auch Tiberia und Borghilde dem Plan an. Die beiden Frauen hatten sich mittlerweile angefreundet. Schließlich kamen sie beide aus dem Norden und so ein Ausflug war mal wieder eine schöne Ablenkung von der alltäglichen Langeweile.

Am Abend saßen und lagen sie um den Tisch herum. Sie lachten, erzählten, sangen und ließen sich die Speisen sowie Getränke, die von den Sklaven serviert wurden, schmecken. Es wurde eine lange Feier und besonders die Frauen hatten viel Spaß dabei. Erst spät kamen sie in ihre Betten und schon bei Sonnenaufgang standen sie wieder auf. Tiberius bestand darauf, sein Schwert und den Dolch am Gürtel zu tragen. Alle Einwände von seiner Frau tat er mit einer Handbewegung ab.

Zu viert gingen sie auf der Straße an der Küste entlang. Wieder war es Zeit für den Herbst, doch das merkte man hier kaum. Die beiden Männer gingen voran und die zwei Frauen folgten ihnen lachend. Es war nicht weit bis Herculaneum und noch vor dem Mittag hatten sie den Ort erreicht. Während die beiden Männer zu Quintus wollten, gingen die Frauen zum Forum, um dort über den Markt zu schlendern.

Tiberius klopfte an dem Tor der kleinen Villa und ein Sklave öffnete. Der Mann erkannte Carolus und ließ sie beide sofort ein. Quintus kam in den Vorraum und war überrascht Tiberius dort zu sehen. Während Carolus in Vorraum einen Krug Wein trank, zogen sich die beiden anderen Männer in einen der Räume zurück. Der Krug war noch nicht alle, als Carolus Streit hörte. „Das ist Betrug!", rief Tiberius laut und Carolus lief schnell in das Zimmer, dessen Tür die Beiden offen gelassen hatten. Er kam gerade noch rechtzeitig, um Tiberius das Schwert abzunehmen, bevor der sich auf Quintus stürzen konnte. Eine kurze Schlägerei brach aus, doch schließlich konnte Carolus die beiden Kontrahenten trennen.

Etwas ruhiger wurde das Gespräch fortgesetzt, in dem Quintus von seinem Schiffbruch und den großen Verlusten erzählte. Schließlich reichte er Tiberius einen Beutel mit Münzen und erklärte, dass er Tiberius beim Kauf einer Taverne helfen und unterstützen würde, wenn er in ein paar Jahren wieder zurückkommen würde. Und vielleicht sei bis dahin ja auch sein Geschäft wieder angelaufen, wodurch er dann die geborgte Geldmenge auch wieder zurückzahlen konnte. Aber vermutlich hatte keiner der drei Männer die Hoffnung, dass er jemals diese gigantische Menge an Münzen zurückzahlen konnte. Zerknirscht und wütend verließ Tiberius mit Carolus das Haus und musste sich auf der Gasse erst einmal Luft machen. Er schlug mit der Faust gegen eine der Wände.

„Meinen Monatslohn und das Geld der Sklaven der letzten zehn Jahre hat er bekommen. Das müssen mehr als 5.000 Denare gewesen sein. Alles verloren! Ich hätte meinem Schwert vertrauen sollen und nicht diesem Halsabschneider", rief Tiberius erbost in Richtung des Hauses und es war ihm egal, dass alle Menschen in der Gasse dies hören konnten. Nicht mal ein Zehntel davon hatte er wieder bekommen. Der kleine Beutel mit Goldmünzen war nur ein schwacher Trost.

Nun würde er in den verbleibenden fünf Jahren noch einmal neu anfangen müssen, aber zuerst würde er die Überweisungen beenden, wenn er dann wieder im Kastell war. Von nun an würde er sich selbst um sein Geld kümmern.

20. Kapitel

Ein Zeichen der Götter?

Immer noch zornig erreichte Tiberius das Forum zusammen mit seinem Freund. Sie sahen sich nach ihren Frauen um und brauchten eine ganze Weile, bis sie die beiden Frauen an einem Schmuckstand trafen. Mit ein paar wenigen Worten schilderte Tiberius sein Treffen mit Quintus und schloss mit den Worten „Da habe ich ihm mehr als zehn Jahre lang die Hälfte meines Geldes geschickt und das ist nur noch übrig." Dabei zog er den Beutel heraus und ließ Tiberia hineinschauen. „Das ist etwa ein Jahressold", sagte die Frau und ihr Mann nickte. Dann steckte er den Beutel wieder weg.

„Wollen wir hier irgendwo essen, bevor wir nach Pompeji zurückgehen?", fragte Carolus und die Frauen nickten. Borghilde zeigte auf eine Taverne am Ende des Platzes und so gingen sie zu viert dorthin. Ein Sonnensegel schirmte über ihnen die Sonne ab. Es ging zwar schon auf den Herbst, doch es war noch immer ganz schön heiß. Die hellen Steine der Straße und der Häuser reflektierten zusätzlich noch etwas von der Hitze. Es gab einen Salat und Brot. Genau das Richtige in dieser Hitze.

Die Sonne hatte gerade ihren höchsten Punkt erreicht, als sich der Tisch zu bewegen begann, so als ob jemand daran gestoßen wäre. Einer der Krüge fiel zu Boden und zerplatzte in hundert Teile. Der Wein bildete eine kleine Pfütze zu Tiberias Füßen.

Auch die anderen Tische schienen zu tanzen. „Was ist hier los?", fragte sich jeder in dem Raum und davor. Ein Zischen war zu hören, als ob jemand Wasser auf heiße Steine goss und Carolus drehte sich zur Küche um, doch das Geräusch kam nicht aus dem Haus, sondern von draußen. Es wurde lauter und mündete in einem ohrenbetäuben-den Donner. Alle Menschen in der Taverne sprangen daraufhin auf und liefen zur Mitte des Forums. „Da!" schrie Tiberia und zeigte zur Spitze des Berges hinter der Stadt. Eine Säule aus dunklen Rauch schoss daraus in den Himmel.

Gebannt sahen sie alle auf dieses Zeichen. Es musste von den Göttern der Unterwelt ausgelöst worden sein. Nicht einmal Tiberius konnte sich daran erinnern, dass dieser Berg jemals Feuer gespien hatte. Immer höher stieg die Säule. Danach formte sich die Spitze der Säule zu einer Wolke, welche wie ein Pilz aussah und schließlich begann, den Himmel zu verdunkeln. Die Menschen auf dem Platz schrien und liefen durcheinander. Der aufkommende Wind trug die ersten Staubwolken in Richtung Pompeji hinüber.

Immer mehr verdunkelte sich im Süden der Himmel und auch bei ihnen fiel feiner, weißer Staub herunter. Als dann mit einem Krachen ein großer, glühender Stein nicht weit entfernt von ihnen in eine der Tavernen krachte, und das Dach durchschlug, machten sich auch die vier Menschen auf den Weg, von dem Platz weg. Nur wohin?

„Zum Hafen!", rief Borghilde und hinkte, so schnell sie konnte, in Richtung der ihr wohlbekannten Treppe. In der ganzen Stadt schlugen nun kleine Steine ein. Nur wenige richteten Schaden an, doch die Gefahr wurde immer größer. Als die vier Freunde oben an der Kante der Treppe standen, sahen sie zum Strand hinunter. Etwa 500 Men-schen hatten den gleichen Gedanken gehabt, wie sie. Unten war vor lauter Menschen der Sand nicht mehr zu sehen. Und von der Stadt kamen immer noch Menschen zu der Treppe gelaufen. Einige mit Gepäck, andere nur mit dem, was sie gerade angehabt hatten. Einige Fischer verluden schon Menschen in ihre Boote und legten ab. Es kam zu Tumulten auf dem Strand. Jeder wollte in eines der Boote hinein und eines davon zerbrach unter dem Ansturm der Menschen, noch bevor es zu Wasser gelassen werden konnte. Zerdrückt blieb es auf dem Strand liegen.

Tiberius schob sich durch die Menschen nach ganz vorn und zog sein Schwert. Für einen Moment wichen die Menschen zurück, nur um danach noch mehr gegen ihr zu drängen. „Zurück!", schrie Tiberius. Er drängte, mit Schwert und Dolch in beiden Händen, die vor Angst fliehenden Menschen vom Steg zurück an das Ufer. „Frauen und Kinder zuerst!", rief er und ließ immer nur die Menge von Menschen durch, die auch in den Booten Platz hatten. Einige Männer versuchten an ihm vorbei zu den Schiffen zu kommen, wurden aber von ihm mit Fausthieben und Schlägen zurück gejagt.

Irgendwie kam ihm das Ganze dabei doch komisch vor. Nicht allzu lange vorher hatte er noch gar keinen Gedanken an Frauen und Kinder verschwendet. Bisher waren sie für ihn nicht wichtig gewesen. Warum setzte er sich nun so für sie ein? Warum stand er überhaupt hier und war nicht schon lange mit Tiberia in einem der Boote? War dies hier seine Aufgabe? Hatten die Götter ihm dieses Zeichen geschickt, damit er für seine Untaten im Norden Buße tun konnte? Er wusste es nicht und reagierte einfach so, wie es ihm sein Herz im Moment befahl.

Schließlich waren alle Fischerboote auf dem Wasser und es waren noch so viele Menschen übrig. „Wer kann, der soll sich zu Fuß auf den Weg machen", rief Tiberius und zeigte nach Norden, wo der Himmel noch hell war. Einige kräftige Männer und Frauen machten sich sofort auf den Weg, doch noch immer waren viele am Strand. Kleine Kinder, junge Frauen, aber auch alte Männer und Behinderte blieben zurück und warteten auf die Rückkehr der Boote. Das würde sicher noch eine ganze Weile dauern, bis die Boote von der anderen Seite der Bucht zurückkommen würden.

Immer wieder trafen kleine Steine in das Wasser und schlugen mit einem Zischen in die Oberfläche des Meeres ein. Kleine Fontänen stiegen dort auf und Tiberius schaute nach Süden. Seine Heimatstadt hatte es offensichtlich schwerer erwischt. Dort lag schon alles im Dunkel und auch da sah er glühende Steine herunterfallen, nur das diese sicher viel größer waren, als die, die hinter ihm in das Wasser platschten. Es waren nur kleine Steine, meist faustgroße, und leichter Staub, aber trotzdem war es hier draußen zu gefährlich.

Die Bootshäuser lagen aber unter einem gemauerten, dicken Ge-wölbe und dort war man bestimmt sicherer, darum jagte Tiberius die Menschen zum Warten einfach dort hinein. Endlich konnte er sich seiner Frau und den Freunden widmen, die am Strand für Ordnung gesorgt hatten und nun direkt am Steg warteten. Er sah die Angst in den Augen der beiden Frauen.

21. Kapitel

Der Abschied

Borghilde setzte sich auf die unterste Stufe der Treppe. Sie konnte nicht mehr richtig stehen. Vermutlich hatte sie sich bei dem schnellen gehen auch noch den Fuß verstaucht. Mit schmerzverzerrtem Gesicht rieb sie sich den Knöchel. „Was nun?", fragte sie, von unten blickend, die drei anderen neben sich. „Warten oder gehen?", fragte Carolus und Borghilde schüttelte den Kopf. „Ich habe Angst, aber ich kann nicht gehen!", antwortete sie. „Ich kann auch nicht weg!", sagte Tiberius und zeigte auf die Menschen in den Bootshäusern. „Dann bleibe auch ich hier!", legte Tiberia fest.

Carolus schaute zu dem Berg hinauf, aus dessen Spitze immer noch Rauch in den Himmel schoss. „Ich habe kein gutes Gefühl, hier zu warten", sagte er und schaute auf seine Frau hinunter. Immen noch schüttelte Borghilde ihren Kopf. Mittlerweile war ihr Knöchel geschwollen und blau geworden.

Erneut sah Borghilde zur Spitze des Bergs hinauf, die sie aber in ihrer Position nicht sehen konnte, sondern nur die bedrohlich wirkende Säule aus Qualm und Steinen. „Ich kann dich doch tragen", sagte Carolus schließlich und Borghilde nickte erleichtert. „Zu irgendetwas muss das Training im Ludus doch nutze gewesen sein", erklärte Carolus weiter und versuchte damit einen Scherz zu machen, der aber nicht so richtig bei seiner Frau ankam.

Er half ihr auf und sie versuchte, den einen Fuß nicht zu belasten. Fragend blickte der Mann die beiden Freunde an, doch Tiberius sagte nur „Wir bleiben." Tiberia nickte und so verabschiedeten sich die Paare voneinander. Carolus nahm seine Frau auf den Rücken und stieg mit ihr wieder die Treppe hinauf. Oben winkte die Frau noch einmal nach unten und danach lief Carolus, so schnell er konnte, los.

Dabei folgte Carolus der Küstenstraße und sah viele andere Menschen, die ebenfalls auf diesem Weg waren. Hinter ihnen wurde es immer dunkler. Neben dem Weg schlugen jetzt kleinere und auch schon ein paar größere glühende Brocken ein. Bei jedem davon zuckte Borghilde zusammen und hoffte, dass die Entscheidung ihres Mannes richtig gewesen war.

Immer schneller ging es vorwärts. Am Rande der Straße lag ein umgekippter Wagen. Die Pferde waren vermutlich als Reittiere benutzt worden, denn die Stricke hingen noch zerschnitten am Wagen. Auch schwereres Gepäck lag am Wegesrand. Vermutlich hatten es die Menschen vor ihnen in Panik zurückgelassen, um schneller vorwärtszukommen. Bewohner von Pompeji liefen ebenfalls an ihnen vorbei. Auf dieser Straße waren sicher tausende Menschen unterwegs.

Der Staub, der zu ihnen herunterfiel, roch nach Schwefel und nahm ihnen von Zeit zu Zeit den Atem, wenn sie in eine der Wolken hinein gerieten. Hatten sie die richtige Entscheidung getroffen? Vermutlich waren die Freunde schon mit den Booten in Sicherheit gefahren. Doch umkehren wollten sie nicht.

An ihrer linken Seite, weit im Westen, wurde es nun fast so dunkel wie hinter ihnen. Der Abend war gekommen und sie hatten das Ziel noch nicht erreicht. Zum Glück mussten sie nur der Straße folgen, doch mit zunehmender Dunkelheit wurde das immer schwieriger. Kein Mond konnte diese Dunkelheit durchdringen. Endlich sah Carolus vor sich ein angezündetes großes Feuer, dass den Flüchtenden die Richtung zeigen sollte. Neapolis lag direkt vor ihnen und eigentlich war die Entfernung auch gar nicht so weit gewesen, wie sie sich ihnen bis jetzt gezeigt hatte.

Tiberius stand immer noch am Steg und schaute auf das dunkle Wasser des Meeres hinaus. Noch zwei Mal waren die Fischer hierher zurückgekommen, um die Hilfesuchenden abzuholen. Doch nun, in der Finsternis, war das Risiko für die tapferen Männer sicher zu hoch. Es waren noch etwa 200 Menschen übrig geblieben und Tiberius hatte mit ein paar Männern ein großes Feuer direkt am Strand entzündet, als Zeichen für die Boote, falls einer der Fischer es dennoch versuchen würde. Immer noch kamen einige Frauen die Treppe herunter und suchten in den Gewölben Schutz. Es waren nur noch fünf junge Männer dabei, die zusammen mit Tiberius auf dem Strand standen. Der Staub hatte nachgelassen und auch Steine waren nicht mehr viele heruntergefallen. Vielleicht beruhigte sich der Vulkan ja auch wieder und am nächsten Morgen wäre alles wieder so wie zuvor.

Wie spät mochte es wohl sein? „Geht in die Bootshäuser und beruhigt die Frauen und Kinder. Immer zwei von uns werden Wache halten, falls die Fischer zurückkommen, die anderen sollen schlafen", legte Tiberius fest und die Männer vertrauten seinem Ratschlag, schließlich war er der einzige Legionär unter ihnen und kannte sich mit solchen Situationen aus. Die Männer nickten sich zu und gingen in unterschiedliche Richtungen auseinander. Einige Kinder weinten und mussten beruhigt werden, doch langsam kehrte Ruhe am Strand ein.

Tiberius strich seiner Frau über das Haar. Sie saß, mit dem Rücken an eine Wand gelehnt, in einem der Bootshäuser. „Schlafe etwas. Morgen früh kommen die Fischer und holen uns ab", sagte Tiberius. Sie nickte und gab ihm einen Kuss.

Tiberia schloss die Augen und hörte eine Frau neben sich ein Schlaflied für ihre Kinder singen. Langsam schlief sie ein. Sie vertraute ihrem Mann, wenn er in der Nähe war, was sollte ihr dann passieren?

Tiberius saß noch eine Weile neben ihr und schaute seiner schlafenden Frau zu, dann ging er nach draußen. Leise unterhielt er sich mit einem der Männer am Strand und lief danach mit der Fackel auf den Steg hinaus. In der Dunkelheit des Meeres war nichts zu sehen, darum drehte er sich um und blickte auf die in der Dunkelheit glühende Säule über dem Vulkan.

Mittlerweile musste es mitten in der Nacht sein. Tiberius stieg die Treppe hinauf und schaute zu der im Dunklen liegenden Stadt.

Carolus hatte seine Frau am Rande der Stadt niedergesetzt und versuchte mit etwas Wasser deren Fuß zu kühlen. Mit ein paar Bandagen hatte er den Knöchel umwickelt und immer wieder schaute er zurück zu dem Vulkan. Er hatte ihr einen gefundenen Umhang um die Schultern gehängt, denn es wurde nun empfindlich kühl. Es war mittlerweile tiefste Nacht, aber immer wieder musste er an die Freunde denken, die er in Herculaneum zurückgelassen hatte. Schließlich setzte er sich neben seine Frau auf den Stein und Borghilde lehnte ihren Kopf an seine Schulter.

Zusammen sahen sie den Weg entlang, auch wenn das keine zwanzig Schritte weit war, denn nur so weit leuchtete das Feuer neben ihnen. Mit einem lauten Knall explodierte der Vulkan direkt vor ihnen. Beide zuckten zusammen und schauten auf eine glühende Wolke, die zum Glück weit vor ihnen ihre Kraft verlor und in sich zusammenfiel.

22. Kapitel

Noch ein weiter Weg zurück

Als die Sonne wieder aufging, beruhigte sich der Vulkan. So wie er ausgebrochen war, so verstummte er auch wieder. Carolus und Borghilde hatten die ganze Nacht auf dem Stein zugebracht und konnten keinen Blick von dem Kegel wenden. War nun wirklich Ruhe? Oder wartete ein neuer Ausbruch auf die verängstigten Bewohner, die nun in Neapolis zusammen gedrängt waren? Hier war fast nichts passiert. Nur ein paar der Häuser hatten Risse bekommen und ein paar einzelne Steine hatten Häuser getroffen. Kein Staub und keine Lava, nichts. Wenn nicht die immer noch am Himmel stehende Wolke aus Staub gewesen wäre, so hätte man sagen können: Ein ganz normaler Tag. Diese Wolke zog langsam in Richtung Süden zum Meer hin ab und die Sonne kam dahinter wieder zum Vorschein.

Am Mittag legten im Hafen die Fischer von Herculaneum an. Sie hatten versucht, ihre Stadt wieder anzufahren, um die restlichen Menschen abzuholen, die sie am Vorabend nicht mehr hatten holen können, doch sie hatten ihre Stadt nicht mehr finden können. Mitten im Meer ragte eine Wand weit über die Spitzen ihrer Masten empor. Nicht mal der Anfang des Steges, der ja eine ganzes Stück in das Meer geragt hatte, war mehr zu sehen, so weit hatte sich die Küstenlinie in das Meer hinein verschoben. Schnell hatte sich diese Nachricht in der ganzen Stadt verbreitet.

Carolus wusste sofort, dass sein Freund wohl unter dieser Decke aus Stein begraben war. Niemals hätte er die Menschen im Stich gelassen und Tiberia hätte ihren Mann wohl auch nicht verlassen. Traurig sahen Carolus und Borghilde in die Richtung, in der sie die Freunde zurückgelassen hatten. Es war gar nicht so weit und an einem sonnigen Tag, hätte man von der Stelle aus, an der Carolus jetzt stand, sicherlich die ersten weißen Villen von Herculaneum sehen können. Doch da war nur eine schwarze Fläche. Sein Gefühl, diese Stadt zu verlassen, hatte ihn nicht getäuscht und damit ihrer beider Leben gerettet.

In Gedanken nahmen sie noch einmal Abschied von ihren Freunden und wendeten sich dann der Stadt zu. Auf dem Forum trafen sie auf Sofia, die eines ihrer Kinder im Arm hatte und neben der die anderen beiden schliefen. Die Frau war schmutzig vom Staub und freute sich, als sie Borghilde sah. „Spurius hat es nicht geschafft", sagte sie, mit Tränen in den Augen und erzählte, wie ein Teil der Villa unter der Last des Staubes zusammen gebrochen war und den Mann unter sich begraben hatte. Sie selbst hatte sich mit den Kindern auf eines der letzten Schiffe retten können, die Pompeji verlassen hatten.

Alle Menschen um sie herum schauten immer wieder auf die nun bedrohlicher in den Himmel ragende Spitze des Vulkans, von der ein Stück zu fehlen schien. Die Trümmer davon lagen nun vermutlich auf der Gegend rund um Pompeji. Gestern noch war dieser Berg einfach nur ein Berg gewesen, doch heute war er ein Todesbote und gleichzeitig eine Bedrohung für diese Stadt. Hätte der Wind nur eine andere Richtung gehabt, so wäre es wohl Neapolis gewesen, das ausgelöscht worden wäre und nicht Pompeji. Diese Erkenntnis sah Carolus in den Gesichter der Menschen, die Angst in ihren Augen.

Borghilde humpelte umher und musste sich immer wieder setzten. Aber hier wollte sie nicht bleiben. Sie sah Carolus an und dieser verstand sie gut. Er hatte ein paar Münzen behalten, gerade genug für eine Schifffahrt nach Rom. Vermutlich würden nun viele Menschen diesen Weg wählen.

Sofia wollte sich ihnen anschließen, denn sie hatte ihre Familie in einem Ort in der Nähe von Rom. Zusammen liefen sie zum Hafen hinunter. Carolus stützte seine Frau dabei und Sofia trug eines der Kinder, während die anderen beiden sich an ihre verschmutzte Tunika klammerten. Zum Glück fanden sie ein Schiff, das am selben Tage auslaufen wollte. Es war mit Menschen überfüllt und die kleine Gruppe presste sich noch in den Laderaum hinein. Viel Platz blieb ihnen nicht und die drei Erwachsenen mussten immer wieder versuchen, die anderen zurückzudrängen, damit die drei kleinen Kinder genug Luft bekamen.

Sie hörten Schritte über sich und das Knarren der Bretter. Endlich bewegte sich das Schiff und wenn Borghilde es gekonnt hätte, so hätte sie es geschoben. „Nur weg hier!", dachte sie und besonders jetzt, da sie den Berg nicht sehen konnte und auch sonst nicht in der Lage war, auch nur einen Schritt nach links oder rechts zu machen. Befehle wurden gerufen und das Segel klatschte gegen den Mast. Im Halbdunkel des Laderaumes konnte sie immer noch die Angst in den Augen der Menschen sehen. Im Moment waren sie alle gleich, gleich Staubig und gleich ängstlich. Ob einer von ihnen Senator aus Rom war oder Fischhändler aus Pompeji. Egal, im Moment wollten alle nur nach Rom und fort von diesem Vulkan!

Im Bauch des Schiffes eingeschlossen, fuhren sie über das Meer. Immer wieder hörte man weinende Kinder. Schließlich konnten sie, nach Tagen der Enge, in Ostia das Schiff wieder verlassen und atmeten erst einmal wieder frische Luft. Es war viel zu stickig in dem Laderaum gewesen. Zu Fuß zogen sie weiter und trafen noch am selben Tag bei Sofias Familie ein. Noch war vom Untergang Pompejis nicht viel nach Rom gedrungen und so war Sofias Mutter ziemlich überrascht, als diese mit den Kindern an das Tor der Villa anklopfte. Schnell wurden zwei Gästezimmer vorbereitet und im Badehaus eingeheizt. Nach der schmutzigen Überfahrt war es für die Ankömmlinge eine Wohltat, sich in dem warmen Wasser der Therme zu reinigen.

Carolus musste nun erst einmal ein paar Denare verdienen, denn er und seine Frau wollten im folgenden Frühjahr weiter nach Colonia Agripina. Dort waren sie näher an der Heimat und doch immer noch im römischen Reich, mit all seinen Errungenschaften. Tiberius hatte ihm einst von dieser wohlhabenden Stadt erzählt und so wie bei Pompeji damals vertraute er nun wiederum dem Freund.

Borghilde brauchte eine ganze Weile, bevor die Albträume sie nicht mehr jede Nacht aus dem Schlaf rissen. Zum Glück konnte sie sich dann in die Arme ihres Mannes kuscheln. Mitunter hörte sie dann Sofia im Nebenzimmer leise weinen. Diese Frau konnte so leicht kleinen Trost finden, aber vielleicht würde sie im nächsten Jahr wieder heiraten, für einen neuen Anfang und zur Sicherheit der Kinder.

23. Kapitel

Gemeinsam leben

Im Frühjahr hatten sie sich von Sofia verabschiedet und waren aufgebrochen. Mit seiner Arbeit bei einigen Händlern hatte Carolus ein paar Denare verdient, gerade genug für zwei Pferde und ein paar Übernachtungen unterwegs. Er hatte Borghilde auf das Pferd geholfen und dann waren sie langsam der Straße in Richtung Norden gefolgt, die sie schon einmal in den Süden gezogen waren. Jahre war das nun schon her, aber Carolus konnte sich noch gut an den Weg erinnern. Viel hatten sie ja nicht, die meisten ihrer Sachen waren in Pompeji geblieben. Praktisch hatten sie nur ein paar Wechselsachen und den Beutel mit den Münzen. Ein langer Dolch hing an Carolus Seite, bereit, jeden abzuwehren, der sich ihnen in den Weg stellen würde.

Es war ein weiter Weg gewesen, zurück in die Heimat. Auf den beiden Pferden, aber meist in der freien Natur übernachtend, hatten sie es in etwas mehr wie drei Monaten geschafft, von Rom in die Provinz Germania inferior zu ziehen. Mitunter hatte Carolus auch ein oder zwei Wochen gearbeitet, um etwas Geld für die Verpflegung zu verdienen. Noch immer steckte der Schreck des Vulkanausbruchs in ihren Knochen, aber zum Glück würde ihnen das hier nicht passieren. Trotzdem machten sie um jeden größeren Berg einen Bogen, was bei der Überquerung der Alpen ein echtes Problem für sie war. Sie waren wieder durch das Tal von damals gezogen und dabei hatten sie nicht nach Links oder Rechts geschaut, nur einfach gerade aus, nach Norden.

Bis jetzt hatten sie sich noch keine Gedanken darüber gemacht, was sie hier in Colonia Agripina tun sollten, doch das würde sich bestimmt finden. Carolus hatte Erfahrungen als Händler, Bauer, Soldat und auch ein bisschen als Handwerker auf seiner langen Reise gesammelt, und da würde sich bestimmt etwas ergeben. Gemeinsam gingen sie durch die Gassen der Stadt und ließen sich eigentlich nur vom Gefühl treiben. Es war eine sehr schöne Stadt, die sich mit Herculaneum durchaus messen lassen konnte, nur das Meer fehlte. Dafür gab es einen breiten Fluss, der direkt vor der Stadt entlang floss und die Provinz Germania inferior von Germania magna, dem freien Germanien, trennte.

Staunend schauten sie sich die Villen und die Geschäfte an. Immer wieder ging Carolus in die Geschäfte der Händler oder Handwerker hinein, meist verließ er sie aber wieder, ohne etwas zu fragen oder zu sagen. Er folgte seinem Gefühl. Schließlich fand er einen Laden, in dem er um eine Anstellung bat und diese auch sofort erhielt.

Warum es nun gerade dieser Laden war, in dem sie fragten, nachdem sie so viele besucht hatten, wussten sie beide nicht. Vielleicht hatte sie jemand dorthin geführt. Die beiden Eheleute durften im Hinterhaus des Ladens auch ein Zimmer beziehen. Die Hausherrin war schon etwas älter und sah fast sofort in Borghilde eine Freundin, die sie wie eine Tochter liebte. So hatten die beiden Frauen auch viel zu reden, denn schließlich war Borghilde im römischen Reich viel herumgekommen.

An manchen Tagen halfen die beiden Frauen auch ihren Männern und dabei kam Borghilde ihr Wissen aus den Reisen im Norden und Süden zugute. Dabei musste sie immer wieder von der Fahrt nach Ägypten, dem Besuch in Rom und natürlich auch von der Geschichte vom Untergang Pompejis erzählen, obwohl sie das eigentlich nicht wollte.

Zu fast allen Waren des Geschäftes konnte die Frau etwas erzählen und schon bald kamen Kunden in den Laden, um die spannenden Geschichten der Frau zu hören und natürlich auch etwas zu kaufen. Borghilde hatte eine ganz eigene Art entwickelt, die Dinge im Laden mit ihrer Geschichte zu verknüpfen und die Leute mussten nach der Erzählung einfach genau diese Ware haben.

Schließlich räumten die beiden Männer einen Platz im Laden frei, auf den sie einen Tisch und zwei Bänke stellten. Dort betreute Borghilde dann die Kunden oder deren Frauen. Die beiden Eheleute steigerten den Umsatz des Ladens so sehr, dass Carolus schon bald Handelspartner und Miteigentümer des Ladens werden konnte.

Einen Tag in der Woche gingen Carolus und Borghilde in die Therme, um dort zu entspannen und dann waren auch kaum Kunden im Geschäft. Schließlich stellte Borghilde fest, dass sie wieder schwanger war. In der Erinnerung an das verlorene Kind war sie nun besonders vorsichtig. Sie verließ das Haus eigentlich nur noch, wenn sie in die Therme ging, sonst saß sie an dem kleinen Tisch im Geschäft und hielt ihre Hände schützend vor ihrem Bauch verschränkt.

Andere Frauen in ihrem Alter hatten schon Enkel und sie bangte um ihr erstes Kind. Wehmütig dachte sie fast täglich an das andere, das in Pompeji geblieben war. Tränen rannen dann über ihre Wangen, doch das ungeborene Kind unter ihrem Herzen tröstete sie über den Schmerz schnell hinweg. Liebevoll strich sie über ihren Bauch, der immer dicker wurde. Bei ihrem Mann fand sie aber, anders als die Frauen der römischen Männer, immer einen guten Rückhalt und Schutz. Er nahm ihr alle Tätigkeiten ab, soweit er es konnte. Manche Nacht träumte sie von der Wolke des Vulkans und das diese sie erreichte. Dann wachte Borghilde immer noch schweißgebadet bei diesem Traum auf und war froh, dass sie sich in die Arme ihres Mannes legen konnte. Die Gesichter der Freunde tauchten in diesen Träumen wieder auf. Sie dachte an Tiberius, Tiberia, Spurius, Quintus und Sofia, obwohl Sofia ja überlebt hatte.

Meist lag sie danach bis zum Morgen wach und traute sich nicht wieder einzuschlafen. Nie wieder würde sie nach Süden fahren, für kein Geld des Reiches würde sie sich noch einmal dem Vulkan nähern, der sie nur um Haaresbreite verfehlt hatte.

Bei dem Gedanken an die Wolke stellten sich ihre Haare auf und sie bekam eine Gänsehaut. Aber auch Carolus ging es so, nur dass er versuchte, für seine Frau stark zu sein und sich nichts anmerken zu lassen. Der Mann wusste einfach, wie tief seine Frau durch dieses Erlebnis traumatisiert war. Dabei musste sie doch für zwei stark sein, um das ungeborene Kind nicht zu gefährden.

Im Laufe des Winters wurde es für Borghilde immer schwerer, sich zu bewegen. Da sie ja sowieso schon nicht so gut zu Fuß war, brachte sie der immer dicker werdende Bauch ganz aus dem Tritt. Auf ihren Mann gestützt ging sie wenigstens einmal in der Woche in die Therme. Nur im Wasser war es für sie noch einigermaßen auszuhalten.

24. Kapitel

Zum Glück gefunden

Fünf Jahre lebten sie nun schon wieder in Colonia, dass gerade die Hauptstadt der Provinz Germania inferior geworden war. Borghilde hatte ihren Sohn auf den Knien, der gerade vier Jahre alt war. Sie presste ihn an ihren Bauch, in dem ihr zweites Kind langsam heranwuchs. Zusammen mit ihrem Mann führte sie nun das Geschäft, seit der alte Händler gestorben war. Die alte Frau war für Borghilde eine mütterliche Freundin geworden, die auch auf das Kind aufpasste oder im Geschäft half.

Der vergangene Schmerz war für Borghilde noch immer nicht vergessen, sie versuchte ihn nur so gut es ging zu verdrängen. Aber hier in der Stadt hatte sie zu ihrem Glück gefunden. Sie dachte daran, dass sie nun schon seit siebzehn Jahren mit ihrem Mann zusammen war. Ein Jahr länger als sie zuvor ohne ihn gelebt hatte. Jetzt war sie 33 und dankte jeden Tag ihren Göttern für dieses Glück, dass sie mit ihrem Mann gefunden hatte.

An manchen Tagen saß sie abends in dem kleinen Garten, wenn ihr Sohn Tiberius im Bett schlief. Dann schaute sie auf die Sonne, die rot hinter dem Horizont versank. Dabei dachte sie oft an den Vulkan und wenn dann ein lautes Geräusch zu ihr drang, zuckte sie immer noch zusammen und schaute sich erschrocken um. In einer etwa gleich alten Frau namens Bärtraut hatte sie ebenfalls eine gute Freundin gefunden, mit der sie sich einmal in der Woche in der Therme traf. Die Frau hatte eine Färberei ganz in ihrer Nähe.

Von Zeit zu Zeit besuchten sie Carolus Verwandte in der Stadt. Sie lebten, nicht weit entfernt, auf der anderen Seite des Flusses. Von dort brachten sie Pelze und andere Dinge mit, die sie bei Carolus gegen römische Waren tauschen konnten. So mehrte sich nicht nur der Reichtum der Beiden, sondern sie gaben auch den Bedürftigen der Stadt etwas davon ab. Immer noch wussten sie beide, wie schlimm es war, so ganz ohne alles dazustehen.

Mit nichts weiter als den Sachen auf ihrem Körper waren sie hierhergekommen und nun hatten sie etwas. An manchen Tagen stand Borghilde auf der Mauer, die um die Stadt errichtet worden war, und schaute über den Fluss zum Wald hinüber.

Aber dort drüben im Wald zu leben, das traute sich Borghilde nicht einmal zu denken. Viel zu sehr liebte sie den einfachen Luxus hier in der römischen Kolonie. Die steinernen Häuser, die gläsernen Fenster und die geheizte Therme. Sie sah auf ihren Mann, der an sie heran trat und ihr einen Kuss gab. Glücklich sah sie ihn an und ergriff seine Hand. Beide nickten sich zu und schauten zur Sonne über dem Wald hinüber. Im letzten Licht des Tages gingen sie zu ihrem Haus, betraten die Behausung und schauten nach ihrem Sohn, der im Bett schlief, jetzt bewacht von seinen beiden glücklichen Eltern.

Epilog

Der sensationelle Fund

Caroline stand auf den Spaten gestützt auf einem kleinen Hügel. Sie sah sich um und bemerkte in einiger Entfernung den Professor. Es mussten ungefähr zehn Meter sein, bis zum Grund. Das hier war mal, vor mehr als 1900 Jahren, die tiefste Stelle von Herculaneum gewesen. Hier hatte noch niemand gegraben und das vermutlich aus gutem Grund. Die schiere Menge des Lavagesteins machte der jungen Frau Angst und sie hoffte, dass der Professor wenigstens für die ersten Meter ein paar Bagger kommen lassen würde.

Aber es kamen nur viele Studenten mit Spaten und so wühlten sie sich langsam in die Tiefe. Immer aufpassend, ob nicht Steine oder Ziegel zum Vorschein kamen. Vermutlich würden sie nichts weiter finden, als einen leeren Stand und ein paar leere Häuser. In der ganzen Stadt hatte es nur ein paar Tote gegeben, nicht so wie in Pompeji, wo in den Straßen etwa 2.000 Menschen dem Ausbruch des Vesuvs nicht überlebt hatten. Es war nun das Jahr 1982 und immer tiefer gruben sie sich, bis sie fast das Strandniveau von damals erreicht hatten.

Nun wechselte Caroline vom Spaten zur kleinen Schaufel und grub viel vorsichtiger. Schließlich stieß sie auf einen Widerstand. Mit einem Pinsel legte sie etwas frei, das silbern glänzte. Schnell hatte sie den Professor zu sich gerufen und zusammen befreiten sie das Stück vom Schmutz. Links und rechts ging es weiter. Es zeigte sich als Gürtel und darunter legten sie Knochen frei. Ein Mann offensichtlich und er trug auch noch ein Schwert sowie einen Dolch. Beides waren sehr kostbare Waffen. Was hatte der Mann hier gemacht?

Nach einer Weile steigerte sich die Aufregung noch. In den dahinter befindlichen Bootshäusern legten die Wissenschaftler 250 Skelette frei, die zum Teil noch so lagen oder saßen, wie sie der Tod ereilt hatte. Vermutlich waren diese Menschen nicht in der Lage gewesen, mit dem Rest der Bevölkerung zu fliehen. Sie hatten hier auf ihre Rettung gewartet und waren in der Nacht durch einen pyroklastischen Strom, der mit einer Temperatur von über 400 °C und einer Geschwindigkeit von 300 km/h über sie hinweg gerast war, binnen Sekunden an einem thermischen Schock gestorben.

Die meisten Menschen waren nicht einmal mehr erwacht, als sie der Tod ereilt hatte. Frauen und Kinder, Alte und Gebrechliche hatten hier Schutz gesucht. Die Studenten verharrten in einer Schweigeminute vor den zwölf Bootshäusern und dachten an die Menschen, die hier nun für immer lagen. Ihr Blick ging danach zum Vesuv. Noch ruhte der Vulkan. Wie lange noch? Caroline legte eine Blume an eines der Bootshäuser und strich einem der Skelette über den Kopf.

Es musste eine etwa neunzehn Jahre alte Frau gewesen sein, die hier gegen die Wand gelehnt gestorben war. Im Schlaf, ohne noch einmal erwacht zu sein. Sie war damals ebenso alt gewesen, wie Caroline jetzt. Sicher hatte sie dieselben Träume und Pläne gehabt, wie die junge Frau. Die Studentin stand auf und ging die Treppe hinauf, welche die andere Frau vor mehr als 1900 Jahren heruntergekommen war. Hinauf in das Licht des neuen Tages und direkt auf den Kegel des Vesuvs zu, der so vielen den Tod gebracht hatte.

ENDE

Zeitliche Einordnung der Handlung:

5800 Steinzeit

Anfang des Buches „**Schicha und der Clan des Bären**"

Ende des Buches „**Schicha und der Clan des Bären**"

5500 Steinzeit

2200 Beginn der Bronzezeit

1200 Beginn der Eisenzeit

800 –

800 Beginn des allmählichen Niedergang der Bronzezeit

800 Erste Städtebildungen und Anfänge der etruskischen Kultur

750 Aufstieg der Etrusker zur Seemacht

700 –

600 –

600 Blütezeit der Bronzekunst der Etrusker im orientalischen Stil

570 Amasis wird ägyptischer Pharao

555 Anfang des Buches „**Auf Bärenspuren**"

551 Ende des Buches „**Auf Bärenspuren**"

550 Koalition der Etrusker mit Karthago gegen Griechenland

540 Sieg der Etrusker zur See gegen die Griechen bei Alalia

524 etruskische Niederlage bei Kyme gegen die Griechen

500 –

500 Blüte der etruskischen Stadt Capua

400 –

387 die Kelten fallen in Rom ein

300 –

218 der karthagische Feldherr Hannibal überquert die Alpen

200 –

100 –

73 Flucht von Spartacus aus der Gladiatorenschule in Capua

71 Tod von Spartacus und Ende des Sklavenaufstandes

55 Expedition Caesars nach Britannien

44, 15. März, Kaiser Caesar wird in Rom ermordet

0 –

0 Anfang des Buches „**Die Rache der Barbarin**"

9 Niederlage des Feldherrn Varus gegen die Cherusker unter Arminius

10 Ende des Buches „**Die Rache der Barbarin**"

34 Anfang des Buches „**Das Schwert des Gladiators**"

43 Beginn der Eroberung Südbritanniens

50 Colonia (heute Köln) wird zur Stadt erhoben

54 Nero wird römischer Kaiser

54 Anfang des Buches „**Die römische Münze**"

56 Ende des Buches „**Das Schwert des Gladiators**"

57 Anfang des Buches „**Die Tochter aus dem Wald**"

58 große Teile der Stadt Colonia brennen nieder

64 Brand Roms und daraufhin erste Christenverfolgung

68 Anfang des Buches „**Im Schatten des Feuerberges**"

68 Aufstände in Gallien und Spanien

68 Selbstmord Kaiser Neros

68 die Bataver, ein germanischer Stamm, erheben sich und belagern Colonia

69, Herbst, erneuter Aufstand der Bataver gegen die römische Herrschaft in Niedergermanien

70, Herbst, Niederschlagung des Bataveraufstandes

70 die Stadt Colonia erhält eine acht Meter hohe Stadtmauer

75 Ende des Buches „**Die römische Münze**"

75 Ende des Buches „**Die Tochter aus dem Wald**"

79, Herbst, Ausbruch des Vesuvs und Untergang Pompejis und Herculaneums

80 Einweihung des Kolosseums in Rom

85 wird Colonia die Hauptstadt der römischen Provinz Germania inferior

85 Ende des Buches „**Im Schatten des Feuerberges**"

98 Trajan wird römischer Kaiser

100 –

161 Marc Aurel wird römischer Kaiser

200 –

300 –

306 Konstantin der Große wird römischer Kaiser

324 Konstantin bekennt sich zum Christentum und macht diese zur Staatsreligion

375 die Hunnen unterwerfen die Alanen und die Goten oder vertreiben diese aus ihren Siedlungsräumen

376 Anfang des Buches „**Sturm über den Stämmen**"

376 Flucht der Donaugoten vor den Hunnen und teilweise Aufnahme der Goten in das römische Reich

384 Ende des Buches „**Sturm über den Stämmen**"

400 –

406 Rheinübergang der Vandalen und Einfall in das römische Reich

407 die Vandalen und andere germanische Stämme ziehen plündernd durch Gallien

409 Weiterzug der Vandalen und Alanen nach Spanien

410, Ende August, Eroberung Roms durch die Westgoten

429 die Vandalen und Alanen setzen unter Geiserich von Spanien nach Afrika über

439 die Stadt Karthago fällt an die Vandalen

451 Feldzug des Hunnen Attila nach Gallien

452 die Hunnen fallen in Italien ein, ziehen sich aber bald wieder zurück

453 nach Attilas Tod zerbricht das Hunnenreich

455 Plünderung Roms durch die Vandalen unter Geiserich

500 –

700 –

764 Anfang des Buches „**In den finsteren Wäldern Sachsens**"

772, im Sommer, Zerstörung der Irminsul

772 Anfang der Sachsenkriege Karls des Großen

782 Blutgericht von Verden (Aller)

783, im Sommer, Gefechte mit Beteiligung sächsischer Frauen

785 Taufe Widukinds in der Königspfalz Attigny

787 die ersten Überfälle der Nordmänner auf Westeuropa finden statt

790 Überfälle der Nordmänner auf Schottland und Irland

792 letzte größere Erhebungen der Sachsen gegen die Franken

792 Zwangsdeportationen der Sachsen und Neuvergabe von sächsischem Land an fränkische Siedler

793 Überfall und Plünderung des Klosters Lindisfarne durch Nordmänner

795 Überfall von Wikingern auf das Kloster Iona in Irland

799 Beginn der Wikingerüberfälle auf das Frankenreich

796 Karls Belehrung durch seinen Berater Alkuin

797 mit dem Capitulare Saxonicum wurden die Sondergesetze gegen die Sachsen gelockert

800 –

800 Kaiserkrönung Karls des Großen

800 König Godfred von Dänemark gerät im kriegerische Konflikte mit Karl dem Großen

800 erste nordische Siedler treffen auf den Färöern und auf Island ein

800 unzählige Angriffe der Nordmänner auf die sächsischen Küsten

802 das sächsische Volksrecht (Lex Saxonum) wird verabschiedet

802 Ende des Buches „**In den finsteren Wäldern Sachsens**"

804 Ende der Sachsenkriege

805 Anfang des Buches „**Westwärts auf Drachenbooten**"

810 dänische Wikinger greifen wiederholt die friesische Küste an

814 Tod Karls des Großen

825 Ende des Buches „**Westwärts auf Drachenbooten**"

840 erste Überwinterung der Wikinger im Frankenreich

840 norwegische Nordmänner überfallen Irland und gründen Dublin

844 Überfälle der Nordmänner auf Spanien

845 Plünderungen von Hamburg und Paris durch die Wikinger

858 schwedische Wikinger gründen Kiew

889 Wanzleben wird erstmals als Haufendorf erwähnt

900 –

913 Herzog Heinrich von Sachsen stellt ein ungarisches Heer bei Merseburg

926 Heinrich handelt mit den Ungarn einen zehnjährigen Waffenstillstand für Sachsen aus

937 Otto I. der Große, gründete das St.-Mauritius-Kloster in Magdeburg

938 die Ungarn ziehen erneut gegen die Sachsen

952 Anfang des Buches „**Der Gefolgsmann des Königs**"

955, 10. August, Schlacht gegen die Ungarn auf dem Lechfeld bei Augsburg

955 Otto beginnt einen großen Neubau des Doms zu Magdeburg

962, 2. Februar, Krönung Ottos zum Kaiser

968 Beginn des Baues der Burg Wanzleben

980 Ende des Buches „**Der Gefolgsmann des Königs**"

1000 –

1100 –

1142 Heinrich der Löwe wird Herzog von Sachsen

1143 Gründung Lübecks, der ersten deutschen Ostseestadt

1147 Anfang des Buches „**Im Zeichen des Löwen**"

1147 Wendenkreuzzug, dauert als Kreuzzug drei Monate

1152 Königskrönung von Friedrich Barbarossa in Aachen

1155 Kaiserkrönung Friedrich Barbarossas in Rom

1156 Besiedlungszug in Lommatzsch

1157 Gründung des deutschen Kaufmannsbundes

1159 Wiederaufbau Lübecks

1160 Anfang des Buches „**Kaperfahrt gegen die Hanse**"

1160 der slawische Burgwall Dobin, liegt am Schweriner See, wird zerstört

1160 Lübeck erhält das Soester Stadtrecht

1160 Gründung der Kaufmannshanse

1161 Vermittlung eines Handelsprivilegs an die Stadt Lübeck durch Heinrich den Löwen

1161 Gründung der Gotländischen Genossenschaft, als Vorstufe der Hanse

1162 Kloster Altzella, bei Nossen, wird gegründet

1163 Ende des Buches „**Im Zeichen des Löwen**"

1180 Heinrich verliert das Herzogtum Sachsen

1200 –

1200 Gründung des Petershofes in Novgorod als Außenstelle der Hanse

1200 Ende des Buches „**Kaperfahrt gegen die Hanse**"

1210 Anfang des Buches „**Die Sklavin des Sarazenen**"

1212 Kinderkreuzzug mit Ziel Jerusalem

1212 Friedrich II. wird König

1217 bis 1221 Fünfter Kreuzzug, Kreuzzug von Damiette in Ägypten

1220 Ende des Buches „**Die Sklavin des Sarazenen**"

1250 Anfang der Blütezeit der Städtehanse

1300 –

1307, 13. Oktober, Zerschlagung des Templerordens und Verhaftung aller Templer

1315 Beginn einer Hungersnot, die als „Der große Hunger" in zwei Jahren mit sintflutartigen Regenfällen, sehr kalten Wintern und vielen Überschwemmungen Millionen Menschen in Europa dahinrafft

1321 Anfang des Buches **„Frauenwege und Hexenpfade"**

1337 der hundertjährige Krieg zwischen England und Frankreich beginnt

1337 Ende des Buches **„Frauenwege und Hexenpfade"**

1340 der englische König Eduard III. fällt mit seinem Heer in Frankreich ein

1346 in der Schlacht von Crécy schlagen 8.000 englische Langbogenschützen die verbündeten europäischen und französischen Ritter vernichtend

1347 die Beulenpest erreicht die europäischen Häfen am Mittelmeer und breitete sich schnell überall aus

1356 mit der goldenen Bulle wird erstmalig festgeschrieben, dass der deutsche König durch Mehrheitswahl von sieben Kurfürsten bestimmt wird

1400 –

1431, 30. Mai, Jeanne d'Arc, die Jungfrau von Orléans, stirbt in Rouen auf dem Scheiterhaufen

1440 Johannes Gutenberg erfindet den Buchdruck mit beweglichen Lettern

1452, 15. April, Leonardo da Vinci wird in Anchiano bei Vinci geboren

1479 - Anfang des Buches **„Nur ein Hexenleben..."**

1482 Johann Tetzel beginnt sein Theologiestudium in Leipzig

1486 der Dominikaner Heinrich Kramer veröffentlicht sein Traktat „Der Hexenhammer", lateinisch „Malleus Maleficarum"

1487 - Ende des Buches **„Nur ein Hexenleben..."**

1487 - Anfang des Buches **„Rosen hinter Burgmauern"**

1492 Christoph Kolumbus erreicht die großen Antillen und entdeckt damit Amerika

1498 Vasco da Gama erreicht an Bord seiner Nau auf dem Seeweg um Afrika herum Indien

1500 –

1504 Johann Tetzel beginnt seine Tätigkeit im Ablasshandel

1509 Ende des Buches **„Rosen hinter Burgmauern"**

1517 Anfang des Buches **„Die Bruderschaft des Regenbogens"**

1517, 31. Oktober, Luther verkündet seine Thesen in Wittenberg

1518 Müntzer und Luther sind in Wittenberg

1520 Müntzer predigt in Zwickau

1522 das „Neue Testament" erscheint auf Deutsch

1523, zu Ostern, Katharina von Boras Flucht aus dem Kloster

1524 Bauern- und Handwerkeraufstände in Sachsen

1525, 15. Mai, Schlacht bei Bad Frankenhausen

1525, 27. Mai, Müntzer wird in Mühlhausen enthauptet

1525, 27. Juni, Heirat Luthers mit Katharina von Bora

1525, im Dezember, Kloster Buch wird geschlossen

1526 Niederschlagung der letzten Bauernaufstände

1527 Ende des Buches **„Die Bruderschaft des Regenbogens"**

1530 Reichstag zu Augsburg beschließt die Duldung des evangelischen Glaubens

1534 die gesamte Bibel ist nun auf Deutsch lesbar

1600 –

1612 Anfang des Buches **„Im Feuersturm"**

1617, 13. September, ein Stadtbrand verwüstet weite Teile Tangermündes

1618, 23. Mai, Fenstersturz zu Prag

1618 Anfang des dreißigjährigen Krieges

1619, 22. März, Grete Minde stirbt in Tangermünde auf dem Scheiterhaufen

1619 Ende des Buches **„Im Feuersturm"**

1620, 08. November, Schlacht am Weißen Berg bei Prag

1630 Anfang des Buches **„Im Schein der Hexenfeuer"**

1631 Eintritt Sachsens in den dreißigjährigen Krieg

1631, 10. Mai, Verwüstung der Stadt Magdeburg durch kaiserliche Truppen

1631 Anfang des Buches **„Die Räubermühle"**

1632 die Pest wütet in Sachsen

1632, 16. November, Schlacht bei Lützen

1634, 25. Februar, Albrecht von Wallenstein wird in Eger ermordet

1634 Ende des Buches „Die Räubermühle"

1639 schwedische Truppen brennen Dresden teilweise nieder

1641 nochmalige Zerstörung Dresdens durch die Schweden

1648 der „Westfälischer Friede" wird geschlossen

1648, 24. Oktober, Ende des dreißigjährigen Krieges

1650 Ende des Buches „Im Schein der Hexenfeuer"

1694 Friedrich August I. wird unerwartet neuer Herzog und Kurfürst von Sachsen

1697, 15. September, Friedrich August I. wird in Krakau zum polnischen König gekrönt

1700 –

1710 Anfang des Buches „Anna und der Kurfürst"

1712 Thomas Newcomen konstruiert die erste verwendbare Dampfmaschine

1715 Ende der „Kleinen Eiszeit", einer Periode relativ kühlen Klimas mit besonders kalten Zeitabschnitten seit 1675

1715 Ende des Buches „Anna und der Kurfürst"

1756 bis 1763 der Siebenjährige Krieg tobt in Mitteleuropa

1776 Gründung der Vereinigten Staaten von Amerika mit der Unabhängigkeitserklärung

1789, 14. Juli, Beginn der französischen Revolution in Paris

1793 Beginn des Interventionskriegs gegen Napoleon, an dem auch Sachsen teilnahm

1794 die Gesellen streiken in Dresden

1796 der Interventionskrieg endet mit einer Niederlage für die preußischen, österreichischen und sächsischen Verbündeten

1800 –

1800 Anfang des Buches „Der russische Dolch"

1806 Preußen und Russland verbünden sich gegen Napoleon. Sachsen schließt sich ihnen an

1806 Krieg der Verbündeten gegen Napoleon

1806, 14. Oktober, Schlacht bei Jena und Auerstedt, die Verbündeten werden von Napoleon vernichtend geschlagen

1806, 20. Dezember, das Kurfürstentum Sachsen tritt dem Rheinbund bei und wird durch Napoleon zum Königreich

1812 von Sachsen aus beginnt der Feldzug gegen Russland. Sachsen ist mit 21.000 Mann daran beteiligt

1812, 23. Juni, Napoleon überquert mit seinem Heer die Mehmel

1812, 17. August, Schlacht um Smolensk

1812, 7. September, Schlacht von Borodino

1812, 14. September, Napoleon rückt in Moskau ein

1812, 13. Oktober, Napoleon beschließt den Rückzug

1812, 3. November, Schlacht bei Wjasma.

1812, 26. bis 28. November, Schlacht an der Beresina

1812, 14. Dezember, Kaiser Napoleon macht, seinen Truppen auf dem Rückzug aus Russland vorauseilend, in Dresden Station

1813, 2. Mai, Schlacht bei Großgörschen, Sieg Napoleons gegen Russen und Preußen

1813, 20. und 21. Mai, Schlacht bei Bautzen, weiterer Sieg Napoleons gegen Russen und Preußen

1813, 26. und 27. August, Schlacht bei Dresden, Napoleon errang seinen letzten Sieg auf deutschem Boden

1813, 16. bis 19. Oktober, Die Völkerschlacht bei Leipzig brachte Napoleon eine verheerende Niederlage. Die sächsischen Truppen liefen zu den russischen und preußischen Truppen über

1813, 11. November, die belagerte Festungsstadt Dresden kapituliert

1815, 18. Juni, Schlacht bei Waterloo

1815 Ende des Buches „Der russische Dolch"

1900 --

Von Uwe Goeritz ebenfalls beim Verlag BoD erschienen (BoD – Books on Demand, Norderstedt, nähere Informationen finden Sie unter www.BoD.de)

„Schicha und der Clan des Bären" die ISBN lautet 978-3-7386-0262-3
108 Seiten für 7,90 Euro

„In den finsteren Wäldern Sachsens" die ISBN lautet 978-3-7357-7982-3
108 Seiten für 7,90 Euro

„Der Gefolgsmann des Königs" die ISBN lautet: 978-3-7357-2281-2
116 Seiten für 7,90 Euro

„Im Zeichen des Löwen" die ISBN lautet: 978-3-7347-5911-6
116 Seiten für 7,90 Euro

„Kaperfahrt gegen die Hanse" die ISBN lautet: 978-3-7386-2392-5
108 Seiten für 7,90 Euro

**„Die Bruderschaft des Regenbogens"
die ISBN lautet: 978-3-7386-5136-2**
112 Seiten für 7,90 Euro

„Im Schein der Hexenfeuer" die ISBN lautet: 978-3-7347-7925-1
112 Seiten für 7,90 Euro

„Die Räubermühle" die ISBN lautet: 978-3-8482-0893-7
112 Seiten für 7,90 Euro

„Der russische Dolch" die ISBN lautet: 978-3-7412-3828-4

116 Seiten für 7,90 Euro

„Das Schwert des Gladiators" die ISBN lautet: 978-3-7412-9042-8

116 Seiten für 7,90 Euro

„Frauenwege und Hexenpfade" die ISBN lautet: 978-3-7448-3364-6

116 Seiten für 7,90 Euro

„Die Sklavin des Sarazenen" die ISBN lautet: 978-3-7448-5151-0

308 Seiten für 9,90 Euro

„Die Tochter aus dem Wald" die ISBN lautet: 978-3-7448-9330-5

116 Seiten für 7,90 Euro

„Anna und der Kurfürst" die ISBN lautet: 978-3-7448-8200-2

312 Seiten für 9,90 Euro

„Westwärts auf Drachenbooten" die ISBN lautet: 978-3-7460-7871-7

120 Seiten für 7,90 Euro

„Nur ein Hexenleben ..." die ISBN lautet: 978-3-7460-7399-6

312 Seiten für 9,90 Euro

„Sturm über den Stämmen" die ISBN lautet: 978-3-7528-7710-6

124 Seiten für 7,90 Euro

„Die Rache der Barbarin" die ISBN lautet: 978-3-7528-4103-9

128 Seiten für 7,90 Euro

„Im Feuersturm – Grete Minde" die ISBN lautet: 978-3-7481-2078-0

312 Seiten für 9,90 Euro

„Rosen hinter Burgmauern" die ISBN lautet: 978-3-7347-0321-8

312 Seiten für 9,90 Euro

„Auf Bärenspuren" die ISBN lautet: 978-3-7412-9116-6

316 Seiten für 9,90 Euro

Aktuelle Informationen und Neuerscheinungen finden sie immer im Internet unter:

www.Goeritz-Netz.de